이바나

이바나

배수아 장편소설

레쳬

차례

이바나

7

작가의 말

179

이바나

1

우리는 이바나와 함께 있었다. 나는 K와 함께 있었고 K는 잠과 함께 있었다. K는 잠을 원했고 나는 침묵을 원했다. 길을 걷다가 가끔 멈추어 선 채 이바나, 하고 중얼거린다. 사람들이 그런 나를 쳐다본다.

우리가 이바나, 하고 말하는 것은 집시, 라고 불리는 한 마리 개와, 그리고 나머지 분석되지 않은 체험을 의미한다. 그때, 우리는 우리가 태어나고 자란 도시를 떠났고 아는 사람이 없는 방식으로 살기를 원했다. 그것은 이방인이 되는 것이다. 저기, 이해할 수 없는 말을 사용하는 이방인이 간다.

2

그리고 그것은 십 년쯤 된 자동차의 이름이었다. 왜 사람들은 자동차에 이름을 붙이는 걸까. 우리는 수없이 많은 이름을 알고 있다. 이바나, 쿠바니엔, 팡신, 리진, 얌락…… 이것들은 모두 우리가 알고 있던 사람들이 소유한 자동차의 이름들이다. 이름에 대해 말하자면, 자동차뿐이 아니다. 집 안의 의자란 의자에 모두 이름 붙이기를 좋아하던 사람을 알고 있기도 하다. 그에게는, 명명되지 않은 의자란 단지 물체에 지나지 않았다. 그것은 아직 그에게 속한 의자가 아닌 것이다. 이름이 없는 것에는 마음을 둘 수 없다는, 그런 식의 단호한 태도 말이다. 이름이 있음으로 해서 마침내 교통이 시작된다. 그 가장 최초에는 이름이 자리하고 있다. 교통은 이름에서 시작된다. 그러므로 그 교통의 어떤 성질도 이름의 영향에서 벗어나지 못한다. 우리가 이바나, 하고 발음했을 때 나타나는 우리 목의 떨림, 우리의 목소리, 입속에 가득 번지는 구름, 그것이 주는 모든 기억과 기대감, 일순간 뱃속에 따뜻한 4월의 공기가 차오르는 느낌, 그 이름과 같이했던 모든 과거와 미래의 시간들, 그것이 연상시키는, 마치 늦가을의 숲과 같은 온갖 종류의 색들. 11월의 기차여행과 숲에서 만난 아름다운 색의 버섯, 모르는 것에

이바나

대한 열정, 이미 죽은 사람의 낡은 초상화, 초록빛 모슬린 옷을 입고 있는 1867년에 만들어진 박물관의 인형, 그리고 시간의 마룻바닥 밑에서 부는 바람, 집시라는 이름의 검은 개. 그러한 모든 색과 기억을 포함한 이바나는 그런 이름이었다.

그러나 또한 이바나는 형편없이 낡았고 좌석은 딱딱하고 소음은 엄청나고 언덕에서 시동은 꺼지기 일쑤였다. 창에는 흉하게 긁힌 자국이 있고 의자의 가죽은 오래되어 허옇게 트고 색이 바랬다. 외형은 더 형편없어서, 군데군데 칠이 벗겨지고 녹이 슨 것은 물론이고 크고 작은 충돌사고로 움푹 들어간 흔적과 여기저기 긁힌 자국도 있었다. 원래의 색은 초록빛이었으나 먼지와 녹과 다른 오염물질로 시내에서는 더러운 회색처럼 보였다. 그러나 비가 많이 내린 후의 날에는 이바나는 다시 광택 없는 초록빛으로 돌아왔고 그런 밤에는 노란빛이 섞인 은빛으로 반짝였다. 흐리고 어두운 날은 채도가 낮은 보랏빛으로도 보였다가 햇빛이 쨍쨍하게 밝은 날이면 여인의 귀고리처럼 금빛으로 빛나기도 했다. 그러나 이바나의 상태가 어느 정도라도 좋아 보이는 건 예외적일 만큼 드문 일이었다. 이바나는 엔진이 타들어가는 냄새나 덜컥거리는 불쾌한 걸림들을 수시로 드러내 보여서 우리를 놀라게 했다. 고속도로에서 갑자기 엔진이 멈추어버린 적도 있고 꽁무니에서 검은 연기를 내뿜는 바람에 신고받은 경찰이 뒤따라온 적도 있었다. 우리는 여행을 잠시 멈출 때마다 이바나를 정비소에 데리고 갔지만 워낙 낡고 오래된 차라서 어쩔 수 없다는 식의 대답만 듣고 임시방편의 처치만 받을 수 있었다. 이바나를 여자로 생각한다면 그녀는 정말로 늙고 못생기고 성질도 고약한 여자라고밖에는 말할 수 없다. 그런 여자를 사랑할 사람이 대체 어디 있겠는가.

하지만 우리는 그녀를 사랑했다. 이바나는 우리가 사랑했다, 라고 자신있게 말할 수 있는 몇 안 되는 사람이나 사물들 가운데 하나의 이름이다. 어쩌면 유일한 것인지도 모르겠다. 그녀는 시선을 가지고 있었다. 우리는 그녀의 과거에 대해 아무것도 몰랐고 그녀는 아무 말도 해주지 않았다. 우리는 그녀의 시선을 이해했고 그녀는 우리의 잠을 읽었다. 그래서 그녀는 아름다웠다. 우리는 그녀와 함께한 시간들을 잊지 못했다. 물론 그때 우리가 가지고 있었던 것은 이바나뿐이었다. 하지만 그래서 그녀를 사랑한 것은 아니었다. 그때 설사 우리에게 다른 차를 가질 수 있는 여유가 있었다고 해도 우리는 이바나를 떠나보내지 않았을 것이다. 그녀와 함께 우리는 아주 멀리 길을 떠나곤 했었다. 아니 더 정확히 말하면 그때 길은 곧 우리의 집이었다.

그녀와 함께 달렸던 그 많은 길들을 모두 설명하거나 묘사하는 것은 불가능하다. 배추밭과 무겁게 익은 벼와 하늘을 뒤덮은 플라타너스의 가로수가 있던 길, 한밤의 깊은 산악지대, 검은 하늘과 어두운 눈동자 같은 물과 숲들만이 보이는 마치 웅크린 거대한 공룡 같은 산과 산 사이의 길, 그리고 작고 작은 마을들. 사막처럼 헐벗고 초라했던, 개발 계획이 취소된 해안가 마을들, 오물처럼 질척거리는 진창이 몇 킬로미터나 계속되는 폐허들, 진창 속에서 기름과 대량으로 내다버린 공업 쓰레기가 나오는 길고 길었던 길들. 폐허가 되고 관리인조차 없이 방치된 해변의 폐쇄된 공장들, 수킬로미터나 되는 오물투성이의 해안, 화산재가 휩쓸고 지나간 것처럼 걸쭉한 잿빛 점토로 뒤덮인 바닷가 길, 사기그릇이나 부서진 텔레비전이나 빈 개집과 같은 이해할 수 없는 것들이 버려진 공장지대. 지도에 표시된 길에서 조금만 벗어나면 어디나 혼란스럽고 폐쇄되거나 중단되거나 버려지거나 잊혀버린 풍경들이 곧잘 나타났다. 길은 불분명하게 끊어지고 상점은 우울하고 개들은 사나웠다. 그런 곳에서 우리는 석양을 보기 위해 멈추었다. 우리는 어느 길이든지 달렸고 어떤 낯선 장소에서도 얼마든지 머물렀다.

그런가 하면, 낯설고 이름 없는 작은 지방 도시의 우아한 주택단지들이 있다. 기차역과 기차역 사이 오리나무 숲길을 빠져나가면 새벽의 찬 샘물처럼 깨끗한 대기 사이로 아직 잠에서 깨어나지 않은 그 주택단지가 나타난다. 길은 온통 낙엽 천지고 그 아래로 물이 흐르는 얕은 도랑이 있다. 우리는 그곳에 이바나를 멈추고 젖은 나뭇잎들을 밟으며 산책한다. 그러다 멈추어 서서 희미하게 개 짖는 소리, 정원의 나무들이 바람에 흔들리는 소리, 사람들의 삶에 가을이 스며드는 소리, 이른 아침 신문의 잉크와 따뜻한 종이 냄새, 잠에서 깨어나기 직전의 달콤한 침대의 느낌, 맨발에 와 닿는 포근한 슬리퍼의 감촉, 그런 것들을 상상하고 깊게 호흡한다. 아직 아침의 커피 냄새가 풍겨나오기도 전이다. 우리는 바다로 가는 중이다.

바다에 도착하면 섬으로 가는 배들이 항구에 정박해 있고 그 배를 타기 위한 차들이 줄지어 서 있곤 했다. 폭풍이 불면 섬으로 가는 배가 출발하지 못했다. 그러면 몇 날이고 항구의 도시에서 기다리고 있어야 했다. 뒤숭숭한 뒷골목과 낯선 물건을 파는 기념품 상점과 사람들로 가득한 시장들. 항구에는 외국인들이 많았다. 물건을 흥정하는 아랍인들과 키이우에서 온 큰 체구의 우크라이나인들 사이로, 중국인들과 베트남인들 사이로 우리는 돌아다니곤 했다. 배가 고프면 빵가게에 들어가 빵을 골랐다. 빵은 도시마다 다르다. 아무것도 들어 있지 않은 바게트나 호밀빵을 골라 커피와 버터와 치즈와 함께 먹었다.

이바나

얇게 썬 호밀빵에 버터를 바르고 그 위에 크림치즈를 다시 발라 먹는다. 혹은 세서미크림 위에 샐러드용 야채를 얹어 먹어도 좋고 각설탕을 싸먹어도 된다. 자동차용 커피머신을 가지고 있었기 때문에 커피만 슈퍼마켓에서 구할 수 있다면 좋았다. 우리는 길 위에서 수없이 많은 것을 샀다. 미네랄워터, 커피, 커피를 거르는 거름종이, 각 도시의 여러 종류의 빵들, 깨끗하고 건조한 타월, 비누, 면도용 거품크림, 새 속옷, 빵과 함께 먹을 각설탕, 치즈와 버터와 일회용 포크와 나이프, 각 지방도로가 자세히 나와 있는, 그러나 대개는 틀린 그런 지도, 치약, 밀감과 사과, 얼굴에 뿌리는 수분 스프레이, 바닷가의 햇빛을 가려주는 챙 넓은 모자, 장터에서 산 폭이 넓은 긴 스커트, 시골 우체국에서 파는 지방 관광엽서—우리는 아무 곳에도 엽서를 보내지 않으면서도 고집스럽게 이런 것들을 사모았다, 담배, 짠맛이 나는 비스킷, 두통약, 지방 소식이 실린 신문과 각 도시의 헌책방에서 산 포켓 사이즈 소설책들과 지나간 호의 『보그』 잡지—국도의 휴게소나 낯선 거리의 가로등 아래나 공원의 벤치에서 우리는 틈틈이 이런 것들을 읽었다. 때론 이바나를 불빛 아래 세워둔 채 차 안에서 읽기도 했다. 여름이면 열린 창으로 날벌레들이 들어와 우리의 그 은밀한 페이지들 위로 내려앉곤 했다. 우리는 신중하게 그 벌레들을 잡아 다시 놓아주었다. 그런 식으로 그해, 폭풍이 가라앉고 배가 다시 출항하기를 기다리는 지루한 시간들을 도스토옙스키와 톨스토이, 솔제니친을 읽으며 보냈다. 그러다가 우리의 마음은 변하여 섬이 아닌 다른 곳으로 가기 위해 항구도시를 떠나 내륙으로, 더 깊은 내륙으로 들어가곤 했다. 말라버린 분수와 폐쇄된 개인 박물관, 빈 집들과 방치된 쓰레기 소각장이 있는 이름 없는 작은 도시와 마을을 여행했다. 남부지방에서는 홍수를 만난 적도 있었고 저지대에서는 물에 갇혀버린 적도 있었다. 물에 갇힌다는 것은 상당히 묘한 느낌이었다. 마치 열대처럼 후덥지근한 열기가 우리의 피부를 붙들고 놓아주지 않았다. 어디나 물이었고 흙과 나무와 책과 비스킷이 습기에 차 은은한 곰팡내를 풍겼다. 공기에서는 열병균의 냄새를 맡을 수 있었다. 숨을 쉴 수 없을 정도로 지독한 냄새 속에서 우리는 땀을 흘렸다. 처음에 새것이었던 우리의 침낭은 낡고 더러워졌으며 담요는 세탁이 필요하고 겨울에는 뼈를 관통하는 듯한 냉기가 차 안에서 느껴졌다. 입김이 하얗게 공기 중에서 얼어붙었고 들과 숲은 그지없이 황량해진다.

  우리는 수없이 많은 길과 길들을 여행했다. 길은 영원히 반복되어 끝없는 것처럼 보였고 우리는 이미 오래전에 지나갔던 도시를 다시 여행했으며, 이미 달렸던 고속도로와 국도를 다

이바나

시 달리고 지도에 나와 있지도 않은 끊어진 도로와 파괴된 마을들을 여행했다. 비포장의 산길과 나환자들의 마을과 군사지역과 수몰 예정지의 스산하고 아름다운 마을들, 온 세상에 오직 섬광밖에 보이지 않는 번개 치는 한밤의 국도, 바다로 가는 길에 거짓말처럼 홀로 서 있던 당나귀, 지방 도시의 작은 규모의 동물원들, 기타를 치고 있던 히치하이커, 산과 산 사이에 있는 그늘진 온천 휴양지, 그토록 길고 영원히 반복되는 길 위의 시간들. 지금도 나는 꿈에서 본다. 이바나와 함께했던 그 시간들을. 그때 이바나는 우리에게 단순한 자동차, 이동을 책임져주는 운송수단이 아니었다. 그것은 이미 영혼을 가진 하나의 낡은 존재였다. 달력 하나 없이 이어졌던 긴 여행들. 우리는 달력상의 날짜를 알 수 없었고, 해가 지면 밤이 온다고 생각했고, 잎이 떨어지는 숲에 다다르면 겨울이 온다고 생각하며 트렁크에서 스웨터를 꺼내 입고 커피를 끓였다. 우리는 엄청나게 많은 커피를 마셨으며 담배를 피워댔고 싫증날 때까지 레드 제플린의 〈Going to California〉를 들었다. 우리는 그런 모든 날들을 이바나와 함께했으며 이바나가 아니었다면 도저히 느끼지 못했을 거라고 지금도 믿고 있는 교류를 나누었다.

우리는 이바나와 십삼 개월 동안 이만오천 킬로미터를 여행했다.

우리는 오래된 박물관을 여러 번 방문했고 주요 도로를 수없이 반복해서 달렸고 거의 전부라고 확신할 수 있는 해안도로를 밟았고 이루 말할 수 없이 여러 번 〈Going to California〉를 들었고 일곱번째부터 세기를 포기한 타이어 펑크를 겪었다. 기록되지 않은 동굴과 도로를 탐험했고 기차를 따라 달렸고 낯선 마을들을 돌아다녔고 모든 마을에서 빵과 물을 샀고 공동 수도에서 세탁을 하고 얼굴을 씻었다.

우리는 특히 산악지역의 마을들을 좋아해서 이바나가 갈 수 있는 한 최대로 깊숙이 들어가곤 했다. 산으로 들어가는 포장되지 않은 길은 점점 좁아지기 일쑤여서 나중에는 길가의 나뭇가지에 스치듯이 하며 들어가야만 했다. 그러면 우리는 이바나를 거기 놓아두고 마지막에는 겨우 한 사람만이 지나다닐 수 있는 정도의 폭으로 줄어드는 길을 따라 걸어갔다. 길이 있으면 그 끝에는 대개 마을이 있었다. 하지만 종종 마을의 흔적만을 만나고 말기도 했다. 처음부터 계속해서 아무도 없었다면 그곳은 그냥 자연스러운 숲과 산의 일부였을 것이다. 그러나 단지 자취만 있는 사람의 흔적이란, 무시무시한 적요와 같다. 우리는 그곳에서 무너진 아궁이에 불을 피우고 빈 솥에 물을 끓여 목욕을 한 적도 있었다. 고속도로나 관광지, 지도의 이름에서도 그리고 그 어떤 기록물에서도 찾아볼 수 없고 그 반경에 아무것도 갖고 있지 않은 곳이다. 거기에 우리의 기억이 머물고 있다. 지금은 이미 죽은 이들의 고향 마을인 곳. 입김이 하얗게 피어나는 늦가을, 산짐승의 발자국이 어지러운 버려진 부엌. 그때 바람이 불면 녹슨 경첩이 떨어진 문짝들이 날카로운 소리를 내며 흔들렸다.

3

이바나의 이름을 처음에 누가 지었는지는 확실하지 않다.

적어도 우리가 직접 짓지 않은 것만은 분명하다. 우리에게 이바나를 판 사람은 중고자동차 업자가 아니라, 우리 이전의 이바나의 주인이었으며 우리가 잘 모르는 사람이었다. 우리는 그를 중고자동차 시장에서 만났다. 우리는 차를 사기 위해 간 것이고 그는 차를 팔기 위해 간 것이었다. 그때 우리는 이미 여행에 대해 생각하고 있었기 때문에 차가 필요했다. 튼튼하면서도 시골길을 잘 달릴 수 있는 그런 차 말이다. 물론 절대적으로 비싸지 않아야 했다. 그런데 자동차 시장의 입구에서 우리가 이바나를 발견했을 때 이미 모든 흥정은 끝난 것이나 다름 없었다. 우리는 이바나가 너무나 마음에 들었기에 우리가 가지고 있는 것이라면 무엇이든 지불할 각오가 되어 있었다. 이바나를 본 순간 다른 차를 구경하고 싶은 마음은 완전히 사라졌다. 단번에 마음을 사로잡히는 것이 어떤 것인지 늘 궁금했는데 이제 그럴 필요가 없어졌다. 우리는 이미 이바나에게 모든 것을 사로잡혀버렸다. 당시에도 이바나는 새옷을 입고 파티에 나온 핑크빛 소녀는 물론 아니었다. 그리고 자동차의 명품이라고 부를 만한 그런 차도 당연히 아니었다. 단지 조금 독특한 스타일의, 허리가 둔중하고 표정에 인색한 여자를 연상시키는 그런 모습의, 나이를 전혀 짐작할 수 없는 초록빛 의상을 걸치고 금빛 묵직한 귀고리를 한 이교도 같은 모습으로 이바나는 우리 앞에 나타났다. 말을 붙이면 도무지 이해할 수 없는, 단 한 번도 들어본 적 없는 낯선 외국어를 떠들어대며 돌아서버릴 듯한 그런 여자 말이다. 우리는 이바나에게 다가갔다. 그러나 가까이 다가가자 이바나가 짐작보다 훨씬 더 많이 늙었다는 사실을—사람에 있어서나 차에 있어서나 마찬가지로 치명적인—알게 되었다. 설마, 그래도 움직이기는 하겠지, 우리는 기대를 가졌다. 두 개의 좌석은 평평하게 눕혀졌고, 좌석이 두 개밖에 없으므로 짐을 실을 공간도 넉넉했다. 그녀는 기존의 모델에서 약간 변형을 가해 주문생산된 자동차였다. 단지 나이가 너무 많다는 것이, 앞으로 있을 우리의 여행을 과연 이바나가 감당할 수 있을까 하는 것이 걱정될 뿐이었다. 이바나의 전 주인은 콧수염을 기른 남자였고 우리에게 이바나에 대해 자세히 이야기해주기를 거절했다. 단지 이바나의 생일, 나이, 상태에 대한 간단한 정보만을 퉁명스레 전해줄 뿐이었다. 그는 이바나에게 그다지 애정을 가지고 있지 않은 듯 보였고, 그 자신도 원래 주인이 아니라 몇 달쯤 전에 이바나를 샀으나 너무나 구형인데다 또 오래된 차라 이리저리 손볼 곳이 많아 보여서 아무래도 마음에 들지 않아 손해를 감수하고 되팔러 왔다는 이야기만을 반복했다. 그런 그가 제시하는 가격은 우리가 생각했던 것보다 훨씬 높았다. 그는 단 한 푼도 깎아줄 수 없다고 고집을 부렸다. 그 가격도 자신이 많은 손해를 감수한 금액이라는 것이었다. 이바나를 얻기 위해, 우리는 가지고 있던 거의 모든 돈을 그에게 주어야 했다. 덕분에 여행 중에 우리는 빵과 물과 커피만으로 배를 채우고, 폭신한 침대가 있는 호텔에서는 묵지 못하겠지만 그래도 행복했다. 처음에 우리는 이바나에게 이름이 있다는 것을 몰랐다. 콧수염을 기른 남자는 계산이 다 끝난 후 돌아가기 전에 단 한마디를 덧붙였다.

그 차의 이름은 '이바나'요.

그가 '이바나'를 발음하는 방식은 독특했다. 첫음절에 어색할 정도로 강한 악센트가 들어갔으며 또한 아주 높은 소리로 시작해서 낮은 저음으로 끝나는 어조였다. 그것은 이바나에게 어울리는 소리였다.

 누가 지은 이름이냐고 묻자 원래 주인이 지은 거라고 했다. 그러니까, 이바나를 이런 모습으로 처음부터 갖기를 원했던 원래 주인 말이다. 그가 어떤 사람이었느냐고 묻자 콧수염의 남자는 어깨를 으쓱하더니 갑자기 웃음을 터뜨렸다. 그러고는 아무런 대답도 하지 않고 돌아서 가버렸다. 그렇게 우리는 이바나를 가지게 되었다. 이바나는 우리가 처음으로 가지게 된 자동차였으나 그것 때문에 의미있었던 것은 아니다. 이바나는 바로 이바나 자신이기 때문에 우리에게 의미가 있었다. 이바나와 함께한 시간들은 바로 이바나가 있었으므로 가능한 것이었다고 우리는 믿고 있다.

 처음에 우리는 단지 삼 개월 정도 여행할 생각이었다. 국경을 넘지 않는 이상 그 이상은 불가능하다고 생각한 것이다. 이곳은 매우 작은 나라다. 게다가 우리는 여권을 가지고 있지 않았다. 그러나 예상과는 달리 그 여행은 십삼 개월 동안 계속되었고 그것이 가능했다. 그동안 계절이 순환하고 자동차에서 잠을 잔 우리의 등은 굳은살이 생긴 듯 뻣뻣해졌다. 깃털이불이나 포근한 침대, 뜨거운 국이나 텔레비전 영화가 그리워질 거라고 생각했지만 이상하게도 그렇지 않았다. 우리는 매우 불편했으나 그것을 멈추고 싶지 않았다. 이바나와 함께한 여행 말이다. 우리는 그후로도 계속해서, 영원히라도 여행할 수 있었다. 여행의 마지막에 우리는 배를 타고—물론 이바나도 함께—북쪽으로 갈 생각을 했다. 그곳에서 우리는 더욱 긴 여행을, 이바나와 함께할 수 있었으리라.

그렇게 생각할 수 있었던 모든 것이 이바나 덕분이었다.

우리의 흥정을 처음부터 지켜보고 있던 중고자동차 시장의 사람들이 나중에 우리에게 말해주었다. 콧수염의 남자는 몇 달째 계속해서 이바나를 팔기 위해 이 시장에 나왔다. 그는 한 푼이라도 더 받기 위해 고객들과 직접 거래하려 했다. 그가 한 말은 모두가 다 거짓말이다. 심지어는 그가 이바나의 원래 주인이라고 말하는 사람도 있었다. 콧수염의 남자는 이 중고시장에서 낯선 인물이 아닌 모양이었다. 그렇다면 이바나는 그 특이한 외양으로 인해 이 중고시장 주변에서는 이미 알려져 있었을 것이다. 사람들이 이바나에 대해 이야기하는 것은 조금씩 내용이 달랐다. 그녀의 원래 이름은 이바나가 아닌 다른 것이었는데 콧수염의 남자가 마음대로 바꿨다고도 하고 혹은 이바나의 원래 주인은 자살했고 콧수염의 남자는 그 주인에게서 빚 대신에 이바나를 빼앗은 것이라고 말하는 사람도 있었다. 그러나 우리에게는 아무래도 상관없는 이야기들이었다. 우리는 이바나에게 반했고 이바나에게 이미 영혼까지 매혹당했으므로, 처음부터 마치 살아 있는 여인처럼 느껴졌다. 이바나를 묘사하는 말들은 단어 하나하나가 그 원래의 의미 자체이며 아직도 유효하다.

나는 마치 오래전에 헤어진 연인인 것처럼, 아름답고 늙은 이바나, 그녀의 꿈을 지금도 꾼다.

4

처음에 여행을 시작할 때 우리는 그렇게 긴 여행이 되리라고는 생각하지 못했다. 우리는 길어야 몇 개월, 검소한 여행을 한 다음 다시 일터로 돌아갈 생각이었다. 그러나 여행을 시작하자마자 우리의 생각은 바뀌었다. 여행이 시작된 지 얼마 지나지 않아 우리는 한 남자가 검고 큰 개를 데리고 가는 것을 보았다. 유리공장과 연결된 마을의 샛강가 산책길에서였다. 개는 커다란 늑대처럼 보였다. 우리는 남자가 자신의 개를 부르는 소리를 들었다. 집시. 그는 그렇게 불렀다. 집시.

 이름이 가지는 힘은 어디에서 나오는 것일까. 단어가 가지는 의미와 그것이 연상시키는 것의 범위는. 세계는 언어를 초월해서 존재하는 것일까? 언어는 가시적이고 물리적인 세계 이외의 것도 지배한다. 언어 이전이나 이후의 세계란, 어쩌면 없다. 언어가 가지고 있는 것은 열정이고 지성이며 향수와 상상력이고 사유와 경험일 것이다. 그것은 또한 모든 사람들의 축적된 과거이고 갈증이었을 것이다.

 우리는 우체국으로 가서 일하고 있던 직장에 우편으로 사직서를 보냈다.
 여행을 계속하는 동안 우리 속으로 무언가가 스며들었다. 우리는 우리가 느끼고 있던 그것을 지속적인 상태로 만들고 싶었다. 그것은 일종의 영혼이었다. 대도시로 돌아가게 되면 그것은 우리를 찾아왔던 바로 그 방식으로 우리를 떠나게 될지도 몰랐다. 아마 분명히 그럴 것이다. 우리는 대도시의 삶에 대해 너무나 잘 알고 있었다. 우리는 잠시 도시를 떠나온 여행자로 길에 머무르기를 원한 것이 아니었다. 우리는 우리 안에 있는 일상적이고 근원적인 본질이 변화하거나 혹은 어떤 변이가 새로이 발현되기를 원했으며, 실제로 그것이 이루어졌다. 대도시에서 우리는 거미줄 같은 지하철과 버스를 타고 같은 지역을 반복하는 여행을 했으며 보이지 않게 눈물을 흘리고 사랑하는 사람과 이별을 하고 밤에는 잠들지 못하고 언제나 자살을 꿈꾸었다. 우리는 다시 대도시로 돌아가고 싶지 않았다.

5

일천구백구십삼년에 B는 수학교사가 되었다. 변두리에 있는 공립 중학교였다. 일천구백팔십구년에 수학과 논리학을 공부하고 대학을 졸업한 그는 특이하게도 간호조무사로 얼마간 일했다. 그는 정식으로 간호사 공부를 한 것은 아니었으나 독학으로 지식을 쌓았으며 방학 때는 친척의 병원에서 따로 실습을 했다. 그러나 국가에서 시행하는 자격시험에 합격한 것은 아니었다. 그는 불법적인 일을 한 셈이었다. 그런데도 그는 의사의 직접적인 조수 역할도 했으며 원하기만 했으면 어시스턴

트 닥터로 일할 수도 있었다. 병원에서 일하는 어느 누구도 그가 정식 자격증을 가진 간호사가 아니라는 것을 눈치채지 못했다. 그는 다시 의대에 가서 공부하려는 생각도 가져보았다. 그러나 그것은 잠시 동안의 일일 뿐이고 그는 다시 그의 전 일생을 지배했던 무기력에 빠져들었다. 그는 도심에서 살았고 그곳은 고속도로에서 가까웠다. 그는 새벽까지 잠들지 못했으며 어느덧 그런 상태가 자연스러운 것이라고 믿는 지경에까지 이르렀다. 때로는 아침이 밝아올 때까지 한잠도 이루지 못하는 날들이 계속되기도 했다. 그는 책을 읽었고 한밤에 문을 여는 스포츠센터에 다녔고 효과가 있다는 온천요법도 해보았다. 그러나 어느 것도 그의 불면을 고쳐주지는 못했다. 그는 자청해서 모두가 싫어하는 병원의 야간근무를 맡았고, 병원 복도의 철제의자에 앉아 『그리스인 조르바』를 읽었다.

　잠은 그를 지배하고 있었다. 일하는 시간에 그는 정신을 집중하고 잠을 쫓아버리기 위해 애썼으며 밤에는 잠이 자신에게서 영원히 멀어지는 것을 두려워했다. 그는 끊임없이 잠을 의식하고 계산하고 그것에 대해 생각하고 추측하고 환상을 가졌다. 또한 그는 언제 잠이 자신을 찾아올지 몰라 초조했다. 잠은 오랫동안 그를 외면하기 일쑤였고, 몇 날 몇 주일 동안이나 그를 괴롭혔다. 그동안 그는 하품을 하고 수차례 요구르트를 먹고 몇 시간이고 희디흰 벽에 아무 의미 없는 시선을 보냈다. 그러는 사이 그는 잠깐씩 섬광처럼 짧고 날카로운 순간적인 잠에 빠져들기도 했다. 그런 짧은 잠들은 그의 살에 스며드는 상처와도 같았다. 그는 피를 흘리며 앉은 채 잠이 들었고 때로는 눈을 뜬 채 꿈을 꾸기도 했다. 그는 어머니의 뱃속에 있었다. 그곳은 따뜻하고 더럽고 축축했다. 그리고 어둡고 매캐한 냄새가 났으며 질척거리는 바닥을 가지고 있었다. 그곳은 갈라진 상처처럼 오염된 느낌이 들었다. 그는 이미 다 자랐으며 성인이 되었기 때문에 그곳에서 나와야 한다는 생각이 들었다. 그는 마구 허우적대다가 마침내 간신히 그곳을 탈출했는데 밖은 그보다 더한 어둠이었다. 그래도 그는 자신이 어머니의 몸을 갈기갈기 찢어버렸다는 것을 알 수 있었다. 이건 악몽이야. 그는 생각했다. 이건 있을 수 없는 일이니까. 나는 어서 이 악몽에서 깨어나기를 바라. 그러나 그는 빨리 잠에서 깨어나지 못했다. 그의 어머니의 몸은 찢어진 풍선처럼 늘어져 있었다. 비록 꿈이었지만 그는 죄책감에 시달렸다. 충분히 표현하지는 못했지만 언제나 어머니를 사랑한다고 믿었으며 어머니와 생전에 좋은 관계를 유지하고 있었기 때문에 그는 어머니의 찢어진 몸이 부끄러웠다. 그것은 몹시 추하고 지저분했다. 그의 어머니는 그런 여자가 아니었다. 비록 그가 어머니를 일천구백칠십구년 이후 만난 적이 없다 하더라도 말이다. 그해에 그의 어머니가 죽었으므로 당연한 일이다. 꿈은 그런 식으로 계속되다가 잘라낸 필름처럼 그의 의식에서 사라졌다. 아니, 꿈이 그를 예상하지 못한 순간에 밖으로 거칠게 밀어내버리는 것과 같았다. 잠에서 깨어나고 보면 길어야 일 분이나 이 분 동안 잠들어 있었던 것에 불과했다. 여전히 눈앞에는 희디흰 벽이 가로막혀 있고 탁자 위의 디지털 숫자가 시간을 가리키고 있었다.

  B는 매우 정적인 사람이었다. 아니 적어도 그렇게 보여지는 사람이었다. 그는 여행을 즐기거나 헤비메탈을 듣거나 성욕이 강하거나 미식가가 아니었다. 그런 요소들은 그가 친구들과 잘 어울리지 못하게 만들었다. 그는 걷는 것을 사랑했다. 그는 자신이 살고 있는 도시의 모든 길과 골목길, 지름길과 사람이 다닐 수 없는 막히거나 방치된 길들을 산책하는 것을 좋아했다. 그는 절대로 혼자 걷는 것을 좋아하며 아주 가끔 길을 걷기 위해 유리병에 든 콜라를 사기도 했다. 바닥이 고무로 된 납작한 운동화를 신고 그는 걸었다. 병원에서 간호사들이 신는 신이었다. 그것을 신고 도시의 길을 걸으면 온갖 이물질들과 평평하지 않은 길의 흉터와 잔돌들과 죽은 곤충의 잔해와 유리 조각들과 젖은 흙과 날카로운 금속 조각의 찌꺼기들이 느껴지곤 했다. 예민한 발바닥은 처음에는 이것들을 잘 참지 못한다.

그러나 곧 익숙해진다. 그는 새벽의 이슬이 채 마르지 않은 이른 시간에 상점의 냉장고에서 갓 꺼낸 차가운 콜라를 마시면서 그런 길들을 걷는 것을 좋아하게 되었다. 중학교의 운동장을 지나 분수와 닭우리가 있는 곳에 이르면 그는 잠시 멈추어 서서 거만한 볏을 신경질적으로 세우고 우리 안에서 아침 산보를 하고 있는 수탉을 구경하면서 콜라를 마저 마신 후 옆에 있는 쓰레기통에 콜라병을 버린다. 닭우리 위에는 거위의 등에 올라타고 북구의 땅을 여행하고 있는 닐스의 나무조각상이 있다. 그것은 일종의 풍향계이다. 그의 기억이 틀리지 않다면 그 거위의 이름은 몰텐이었다. 그는 잠시 주변을 돌아본다. 뭔가 자신이 해야 할 일이라도 있을까 하는 멍한 표정이 된다. 사람들에게 알려지지는 않았지만, 수학교사가 되기 전에, 즉 병원을 그만두고 잠시 공백에 있었을 때 그는 외국에 갔었다. 그것이 그의 일생에 있어서 처음이자 마지막인, 유일한 여행인 셈이다.

어느 날 병원의 책임자가 바뀌었다. 새로운 치프는 전임자와 달리 몹시 원칙적이고 좋은 의미로든 그 반대의 의미로든 공명정대한 사람이었다. 그는 병원에 무자격 간호조무사가 근무한다는 사실을 인정할 수 없었다. 그것은 너무나 당연한 일이어서 B는 해고되는 그 순간에도 아무런 항변의 마음을 갖지 못했다. 아마도 그는 다른 곳에—예를 들자면 중학교 같은—일자리를 얻을 수 있을 것이다. 그래서 그는 사무원으로 직렬職列을 바꾸어 채용해주겠다는 병원의 호의를 거절했다. 그는 간호사의 고무밑창 신발과 성가대 소년을 연상시키는 흰 제복과 수술이 끝나고 마취에서 깨어나지 않은 환자의 몸을 들어 침대로 옮기는 일부터 맥박이나 체온을 재고 정밀한 기기를 이용해서 환자의 상태를 체크하는 일 등을 모두 가리지 않고 좋아했기 때문에 더이상 그 일을 하지 못한다면 굳이 병원에 있을 필요가 없다고 생각했다. 그는 섬세한 관찰과 정확한 정보를 가지고 있어야만 다룰 수 있는 일렉트로닉스 기기들을 특히 좋아했다. 그는 싫증내지 않고 병원이 중고제품을 구입하거나 혹은 구형이라 자동화되어 있지 않아서 특별히 번거로운 주의를 요하는 기기들을 몇 시간이고 체크하기를 즐겼다. 또 하나 병원의 일이 그에게 좋았던 것은, 불면의 밤 동안 할 일이 충분하다는 것이었다. 밤에 언제나 깨어 있어야 하는 일은 대개의 사람들에게는 고통이겠지만 그에게는 차라리 숨통이 트이는 일이었다. 그는 야간 경비원이나 소각 대상인 적출물을 수거해가는 용역회사 직원들과 얘기를 나누고 커피를 마셨다. 그들은 모두 밤에 일하는 사람들이었다. 그가 병원에서 죽음의 냄새를 맡은 것은 결코 아니었다. 그는 병원에서 알코올을 뒤

집어쓴 피부처럼 예민해지고, 상쾌함을 느꼈다. 그의 신경 비늘이 너무도 생기 넘치는 나머지, 처음에는 병원에서 사람이 죽는다는 것은 세상의 헛된 소문에 지나지 않는다고 생각하기도 했다. 죽음은 그를 감염시키지 못했다. 그는 고통을 도리어 친근하게 느꼈다. 온갖 질병이 주는 수치와 고독, 그렇다, 분명히 그것이다, 몸부림치는 절망을 그는 받아들이고 인정하고 응시하고 수긍했다. 지금 현재는 타인의 것이나 곧 그의 것이 될 그 모든 것들을. 그러므로 지금 '누구의' 것인가 하는 구분이 아무런 의미도 없는 수치와 고독 들을.

때로는 밤에 깨어 있는 사람이 오직 그 혼자뿐인 경우도 있었다. 당직 간호사와 의사는 각자의 방에서 잠들고 경비원은 경비실에서 자고 있었다. 결코 아무도 병원의 문을 두드릴 것 같지 않은 밤, 쓸쓸하고 차가운 비가 내리고 있었다. 그는 크지 않은 병원을 느린 걸음으로 아홉 바퀴 돌았다. 입원실과 진료실과 창고와 식당과 세탁실과 청소도구를 넣어두는 층계 아래의 벽장까지도 열어보았다. 밑창이 고무로 된 신을 신은 그의 발걸음은 가벼웠고 그의 의식은 시간이 지날수록 또렷해졌다. 그때 그는 아주 어린 시절의 일, 심지어는 그 자신이 요람에 누워 있던 시절의 기억까지도 생생해지는 신기한 경험을 했다. 바구니 요람에 담긴 채 뜰에 있는 그네에 실려 천천히 흔들리던 일, 그의 뺨을 살랑이면서 스쳐가던 비누 냄새 나는 바람, 곁에서 어머니가 읽고 있던 잡지의 표지 그림까지도 손에 잡힐 듯 선명했다. 그림으로 다시 그려낼 수 있을 정도였다. 그것은 오토바이를 타고 있는 마리안느 페이스풀의 흑백사진이었나. 어쩌면 당시 유명했던 영화의 한 컷을 그대로 사용한 표지였을지도 모른다. 그는 계속해서 걸었다. 걸음을 멈추면 이런 기억들은 비눗방울처럼 공기 중에서 터져 사라져버리고 아마 다시는 살려낼 수 없을 것이다. 어머니는 회색의 주름치마를 입고 있었는데 지금 생각해보니 아마도 벨벳 같은 천으로 만들어진 듯하다. 어머니는 혹시 어린 그가 추울까봐 자신의 스웨터를 그의 요람 위에 덮어두었다. 집 안에서는 전축 위에 걸어놓은 레코드판에서 음악이 흘러나오고 있다. 라, 라, 라 하고 반복되는 음이다. 그는 그 음을 따라 흥얼거려보았다. 그러나 그가 알고 있는 노래는 아니었다. 그가 삼층의 입원실 복도를 지나갈 때 유리창 밖으로 번개가 번쩍거렸다. 매우 큰 섬광이었다. 하늘이 두 쪽으로 쩌억 갈라졌다. 그는 다시 기억에 집중했다. 마당의 한구석에는 닭장이 있었다. 배춧잎과 좁쌀 모이를 쪼아먹고 있는 병아리와 암탉 들의 모습이 보였다. 닭장 옆에는 고무나무 화분이 놓여 있고 그의 요람 근처로 흰나비가 폴폴 날아가고 있는 것이 보였다. 그는 자신을 감싸고 있는 온

화하고 부드러운 손길과 같은 섬유들의 감촉을 기억해냈다. 처음에는 면이었다. 그러나 새것은 아니었다. 여러 번 세탁을 한 듯한, 그러나 정성스럽게 손질하고 햇볕이나 난롯가에서 잘 말린, 아마도 한동안은 장롱 깊숙이 넣어져 있던 것이 분명한 면 속옷들. 그는 첫번째 아이가 아니었다. 그리고 손뜨개질한 모자. 그의 머리에 딱 맞고 새 털실에서 느껴지는 신선한 울의 냄새가 났다. 끝에는 방울이 달려 있으며 연한 병아리색이다. 그리고 양말. 믿을 수 없을 정도로 작은 발에 신겨져 있는 그 양말. 솜을 얇게 넣은 요람용 이불. 그리고 어머니의 스웨터.

그것은 환각이 아닌 분명한 기억이었다. 그는 몹시 피곤한 상태였으나 순간적인 행복감을 느꼈다. 그의 눈은 움푹 들어갔고 솟아오른 광대뼈는 고독을 나타냈다. 그의 입술은 모양이 좋았으나 메마르고 창백했으며 살빛은 금속성을 띠었다. 수면 부족 때문에 그의 눈빛은 대개 약간의 충혈을 가지고 있었다. 그는 아래층으로 돌아와 언제나 그가 앉는 바로 그 철제의자에서『그리스인 조르바』를 발견했다. 그는 다시 그 자리에 앉았다. 비는 그치지 않았고 아무도 잠에서 깨어나지 않았다. 병원 문을 두드리는 환자도 없었고 전화벨도 울리지 않았다. 그는 두 팔로 머리를 감싸고 철제의자 위에서 웅크렸다. 더이상 그에게는 빗소리도 들리지 않았고 번갯불의 섬광도 보이지 않앗다. 요람에서의 일을 기억하지 못하는 것은 사람이 가지고 있는 일종의 보호책인지도 모른다. 대개의 경우 그것은 지나치게 완전한 상태여서, 결코 다시는 돌아갈 수 없다는 것 자체가 도저히 치유될 수 없는 극심한 결핍으로 다가오기 때문이다. 예외는 없다.

6

   광고를 본 다음 B는 그곳을 찾아가기로 마음먹었다. 그러기 위해 그는 상당히 먼 여행을 한 셈이었다. 일천구백구십이년 구월. 그는 비행기 안에 있었다. 그는 꽤 긴 시간 비행기를 탔고 소음과 멀미에 시달렸다. 그는 무감동하게 공항에 내렸으며 다른 외국인들과 함께 어리둥절하니 버스에 탔고 자신이 내려야 할 곳을 알아듣지 못해 혼란을 겪었다. 그는 편지로 이미 방을 예약해놓은 뒤였고 더이상 자신이 할 일이 아무것도 없다는 것에 안심했다. 그는 완벽하게 주소를 암기하고 있었고, 박물관과 이름난 장소에 호기심을 가지는 관광객이라기보다는 단지 잠시 거주지를 옮기고 싶어하는 정적인 동물에 가까웠다. 그의 짐은 단출하고 가벼웠다. 그는 번화가의 호텔도 아니고

학생들로 북적거리는 기숙사도 아니며 불법 장기 체류자들로 붐비면서 값싸고 수상한 숙박지도 아닌 곳을 찾아냈다. 그곳은 도심의 한가운데에 있으면서도 말수 적고 비사교적인 외국인들에게 어울리는 내성적인 장소였다. 그는 특별히 관광이라고 이름 붙일 만한 것을 할 생각이 없었다. 버스에서 내려 길을 걸으며 그는 식료품점과 빵가게와 커피를 파는 카페를 눈여겨봐두었다. 발트 슈트라세 젝스. 그는 주소를 마음속으로 중얼거리며 길을 걸었다. 브레머 슈트라세와 올덴부르거 슈트라세, 엠데너 슈트라세를 지나쳐서 걸었다. 발트 슈트라세는 그 길의 가장 마지막 거리의 이름이었다. 그곳은 가난한 여행자들과 중국과 동유럽, 발칸 출신 외국인들의 거리였다. 그리고 동전을 구걸하는 젊은이들과 살찐 개와 넘치는 흡연자의 거리이기도 했다. 사람들은 한 손에 짐을 든 채 끊임없이 담배를 피우면서 걸음을 옮겼고 지하철 안에서도 담배를 피워댔다. 그는 무표정하게 앞을 바라보며 걸었고 거대한 나무에 둘러싸인 교회를 지나쳤다. 색이 변한 가을잎들이 거리에 뒹굴고 있었다. 그는 푹신할 정도로 쌓인 나뭇잎 위를 걸었다.

발트 슈트라세 젝스, 는 오래된 건물이었다. 적어도 백 년은 되지 않았을까 생각될 정도였다. 우선 그는 거리에 면한 문 앞에 서서 관리인의 집 벨을 눌렀다. 그리고 비행기 안에서부터 여러 번 연습해둔 대로—아무래도 그에게는 낯선 외국어였으므로—Kim의 집을 찾아온 사람이라고 말했다. 그가 문을 열고 들어서자 어둡고 축축한 공기가 가득한 긴 회랑이 나왔다. 습기 차고 침침한 목재 냄새가 코를 찔렀다. 회랑을 걸어나가자 이번에는 작은 안마당이었다. 보이지 않게 비가 내리고 있었고 거기 입구가 둘 있었다. 발트 슈트라세 젝스, 는 세 개의 건물로 이루어져서, 거리에 면한 건물과 마당 안쪽 두 개의 힌터하우스 건물이 모두 하나의 집이었다. Kim의 집은 그중 가운데 건물이었다. 층계는 닳아서 얄팍해진 카펫으로 덮여 있었고 천장이 높고 조명이 어두웠다. 층계참에는 과거에 등잔이나 촛대를 놓아두던 움푹 들어간 공간이 그대로 남아 있었다. 그 을음은 새로이 칠을 해서 없애버렸다. 천장 가까운 곳에는 까치발이 달려 있었다. 어쩌면 이 집은 수세기에 걸쳐 살아남은 곳인지도 몰랐다. 그는 우편함으로 다가가 'Kim'이라고 쓰여진 금속 박스 안으로 손을 넣어보았다. 편지에 적힌 대로 열쇠는 우편함 안쪽에 테이프로 고정되어 있었다. 그는 조심스럽게 천천히 손가락을 이용해 테이프를 뜯어내고 열쇠뭉치를 꺼냈다. 그의 방은 이 집의 가장 꼭대기인 칠층이었다. 그는 이 방인답게 조심스러운 걸음으로 계단을 올라갔다. 그럼에도 불구하고 계단은 그의 발걸음에 따라 요란하게 삐걱거리는 소리를 냈다. 그는 놀라서 순간 계단 중간에 잠시 그대로 멈추어 섰다. 그에게는 마치 집이 무너져내리는 소리처럼 들렸기 때문이다. 그의 예민한 후각은 어둠 속에서 곰팡이의 냄새를 느꼈다. 그는 다시 걸음을 옮겨 칠층에 다다를 때까지 한 번도 쉬지 않았고 어떤 사람도 만나지 않았으며 어떤 움직임도 보지 못했다. 여전히 빛은 낡고 바랜 흰 비단처럼 인색하게 엷었고 층계는 바스러질 듯한 소리를 냈다. 그는 가볍게 숨을 몰아쉬었다. 리프트 따위는 애당초 없었고 설치하려는 생각 역시 없는 듯했다. 그렇다. 이 집에 리프트는 상당히 어울리지 않는 장치이리라. 그는 마침내 'Kim'이라고 적힌 자신의 방 앞에 도착했고 열쇠로 문을 열었다. 문을 열자 그곳은 좁은 복도였고, 왼편에 샤워실이 있고 방으로 향하는 문이 정면에 있었다. 방은 침대가 두 개 있고 창문이 두 개, 테이블과 소파가 하나씩 있는 기본적인 가구가 딸린 셋방이었다. 침대 시트는 깨끗하게 세탁되어 있고 침대 곁 전등 밑에는 가이드북이 놓여 있었다. 아마도 대개의 여행자들이 필요로 하는 것이겠지만 그에게는 소용없는 물건이었다. 방 왼편에는 주방이 있고 카펫이 모든 공간에 깔려 있었다. 주방에는 커피와 마멀레이드, 뜯지 않은 크래커 상자가 있고 냉장고에는 미네랄워터가 있었다. 그는 목이 말랐기 때문에 미네랄워터를 마시고 안마당을 향한 창문을 열고 아래를 내려다보았다. 마당에는 자전거 보관대와 잎이 빗물에 흠뻑 젖은 단풍나무가 보였다. 이곳의 비는 눈에 보이지 않는다. 머리와 어깨가 축축해질 정도가 되어야만 비가 온다는 것을 알 수 있는 것이다. 반대편은 거리 쪽을 향한 발코니가 달린 작은 창이었다. 그 창을 열자 바로 분수가 내려다보였다. 아마도 옛날에는 성안 마을의 공동 우물로 사용되었을 것이다. 분수 곁에는 거대한 나무가 서 있었는데 거기서 떨어진 나뭇잎들이 분수의 수면을 가득 덮고 있었다. 으슬으슬한 날씨였으나 분수는 물을 뿜어내고 있었다. 돌이 깔려 있는 길은, 거기에서 다른 길로 나누어지고 있었는데, 왼편으로 나 있는 길은 '자작나무 알레'라고 하는 또 다른 메인 도로로 이어지고 있었다.

그는 간소한 짐을 장 안에 정리해 넣었다. 속옷과 양말과 스웨터와 윈드블레이저와 방수코트. 그리고 두 개의 모자와 진 바지 하나, 갈아입을 셔츠 두 개, 그 정도였다. 그다지 무겁지 않은 가방의 밑부분에서 그는 『그리스인 조르바』를 꺼내 침대 곁의 가이드북 옆에 두었다. 그리고 마지막으로 운동화를 꺼냈다. 병원을 떠나오면서 가지고 왔던, 고무밑창이 달린 간호사의 신이다. 그는 구두를 벗고 그 운동화를 신었다. 그리고 윈드블레이저를 걸치고 밖으로 나갔다. 그는 곁눈질도 없이, 조금도 망설이지 않고 알레 방향으로 똑바로 걸어갔다. 젖은 나뭇잎들과 미끈거리는 돌이 발바닥에 느껴졌다. 그는 점차 걸음을 빨리했다. 펜대처럼 크고 딱딱한 새의 깃털이 발에 밟혔다. 그는 마치 뛰는 것과 같은 속도로 걷고 있었다. 그는 심지어 헉헉대기까지 했다. 거리의 작은 모퉁이마다 튀르키예 상점이 있고 무표정한 얼굴의 중국인들이 곁을 스쳐갔다.

그는 아무에게도 말을 걸지 않았고 그에게 말을 건네는 사람 역시 아무도 없었다. 그곳에서의 생활을 하나의 단어로 축약시킬 수 있다면, 그것은 바로 '침묵'이었다.

그는 두 덩이의 빵을 눈앞에 두고 있다. 하나는 튀르키예 상점에서 산 희고 짠 치즈가 든 빵이고 다른 하나는 그의 발바닥처럼 딱딱한 껍질을 가진 호밀빵이다. 그는 또한 버터와 크림치즈를 샀다. 찬장에서 빵칼을 찾은 그는 테이블 앞에 앉아 신중하게 그것을 자른다. 빵 위에 버터와 크림치즈를 바르고 조심스럽게 먹는다. 불을 켜지 않은 주방에서 그는 더듬거리며 커피 주전자를 찾는다. 커피를 따르고 우유를 조금 넣은 다음 그것을 마신다. 비가 내리고 있는데도 그의 방 발코니 아래의 분수는 여전히 솟아오르고 있다. 그것은 샘으로서의 자신의 기능에 충실하다. 안마당에서는 가끔 사람들의 발소리가 들린다. 창을 열어놓으면 그들의 목소리도 들려온다. 낮고 조심스러워하는 목소리들이다. 그들은 이 집에서 거주하는 사람들이기도 하고 때로는 그처럼 잠시 방을 세낸 여행자들이기도 하다. 이곳은 호텔보다 비용이 훨씬 적게 든다. 그리고 호텔보다 사적인 공간을 가질 수 있고 직접 요리를 할 수 있다. 룸서비스 따위를 즐기지 않고 사람들로 붐비는 로비와 커피숍의 풍경을 싫어하는 사람들에게는 더 좋은 곳이다. 그는 처음에는 아침과 오후와 밤, 세 번의 산책을 나갔다. 언제나 산책은 알레에서 시작해 알레에서 끝이 났다. 그는 이마와 관자놀이에 땀을 흘리면서 머리카락이 축축해질 정도로 열심히 걸었다. 그의 운동화와 윈드블레이저는 언제나 젖어 있었다. 그의 산책은 점점 더 길어졌다. 그는 이 도시와 사람들 사이를 오직 침묵만을 소유한 채 끝없이 걷고 또 걸었다. 그는 현기증을 느낄 정도로 긴 산책을 했다. 때로 그의 밤 산책은 아침이 되어서야 끝이 났다. 그는 허기와 현기증 때문에 비틀거리며 칠층까지 올라가야 했다. 운이 좋으면 그는 하루 종일 침대에서 현기증과 몽환 사이를 왕복하면서 잠과 혼수가 뒤엉킨 시간을 갖기도 했다. 아주 가끔은, 비록 옅은 잠일지라도 그는 하루 종일 잤다. 그런 다음 날은 그는 마치 다른 사람처럼 보이곤 했다. 그는 왕성한 식욕을 느꼈으며 방 안에 있는 라디오를 켜고 음악이나 뉴스를 듣기도 했다. 그는 뉴스를 아주 짧은 단편적인 조각으로 이해했으며 그러므로 그에게 뉴스는 더이상 정보가 아니었다. 그는 신중하게 라디오의 채널을 바꾸다가 잠시 선 채로 클래식 음악에 귀를 기울이기도 했다. 그러나 오래가지는 않았다. 그는 음악을 그다지 좋아하지 않았다. 그는 이해할 수 없는 목소리들에 둘러싸인 채 잠시 침묵하다가 라디오를 껐다.

그는 자신만이 이해하는 언어로 『그리스인 조르바』를 번역해보고 싶다는 욕구에 사로잡혔다. 즉, 『그리스인 조르바』를 처음부터 끝까지, 문장 하나도 놓치지 않고 논리적인 수학 공식으로 번역하는 것이다. 그리고 그것은 논리에 대한 개념이 있는 사람이라면, 그리고 공통된 약속으로서의 공식에 대한 이해가 있는 사람이라면, 그의 번역 작업 과정에 대해 설명을 들은 다음 그대로 다시 읽어낼 수 있을 정도로 '언어로 전환되는 기호'여야 한다. 아마도 그런 작업은 매우 긴 시간이 걸릴 것이다. 그는 시험 삼아 '어머니'라는 단어를 공식으로 표현하려 시도해본 적이 있는데 그것은 그의 노트를 몇 페이지나 가득 채우고도 완결되지 않은 공식이 되었다.

그의 방 전화가 울렸다.

그는 깜짝 놀라 생각에서 벗어났다. 그는 담요를 걷어내고 반사적으로 몸을 움직였으나 곧 그에게는 전화를 받을 일이 없고 그에게 전화를 걸 사람은 더더욱 없으며 무엇보다도 그가 이곳에 있다는 사실을 아는 사람이 아무도 없으며, 결론적으로 자신도 이 전화의 번호를 모르고 있다는 사실을 깨달았다. 아니 그는 지금껏 이 방에 전화가 있다는 사실조차 모르고 있었다. 그러므로 저 벨소리는 잘못 걸려온 전화임이 분명했다. 그는 잠시 침대에 몸을 걸친 채 혹시 방을 빌려준 'Kim'이 전화를 걸었을까 생각해보았으나 그럴 리는 없었다. 그는 두 달간의 비용을 미리 지불했고 'Kim'에게 편지로 답변을 받았다. 그는 'Kim'이 여자인지 남자인지도 몰랐다. 'Kim'은 편지에서 언제나 자신을 'Kim'이라고만 표현했고 다른 어떠한 묘사나 언급이 없었다. 'Kim'은 편지에서 방의 전화에 대해서 역시 아무 언급도 하지 않았다. 그러므로 그에겐 그 전화를 받을 의무가 없었다. 그가 'Kim'을 위해 할 일은 정확하게 두 달이 되는 날, 방을 나가면서 문을 잠그고 열쇠를 문 아래쪽에 나 있는 신문 투입구를 통해 집 안으로 던져놓기만 하면 되는 것이었다.

  그가 생각에 잠겨 있는 사이 전화벨은 멈추었다. 그는 그제야 라디오 옆에 있는 전화기 앞으로 다가가 신기한 듯 그 물건을 유심히 쳐다보았다. 전화기는 마트에서 흔히 파는 평범한 것이었다. 그전까지 단 한 번도 전화기를 방 안에서 본 기억이 없었다. 그는 혹시 자신이 방을 비웠을 때 누군가 와서—아마도 'Kim'이거나 그의 부탁을 받은 사람이—전화를 연결해놓지 않았나 생각했다. 충분히 가능한 생각이었다. 전화기는 검은 전선을 통해 벽에 있는 콘센트에 연결되어 있었다. 벽과 전화선이 연결된 부분은 아주 오래전부터 그렇게 있었던 것처럼 자연스러웠다. 그는 더욱 의아해졌다. 그가 더이상 전화벨이 울리는 것을 원하지 않는다면, 그는 전화 코드를 뽑기만 하면 되는 것이었다. 그것은 매우 간단해 보였다. 그는 망설이지 않고 그것을 뽑았다.

그는 다시 커피를 끓이고, 두 덩이의 빵을 썰었다. 호밀빵 위에 버터와 크림치즈를 얹어서 먹고 다시 튀르키예 식 치즈가 들어간 빵에 버터를 발라 베어먹었다. 그리고 커피를 천천히 마시고 남은 빵을 기름종이에 잘 싸서 찬장에 넣었다. 가끔 그는 상점에서 사과를 한 알씩 사서 산책을 하며 먹었다. 그리고 더욱 자주 차가운 콜라를 사서 마셨다. 단 한 번, 스파게티 국수를 삶아서 먹은 적도 있었다. 잘 되지 않았다. 그는 여행을 떠나오기 전에도 스파게티 국수를 잘 삶지 못했다. 일 주일에 한 번 정도는 산책하는 중에 카페에 앉아 달걀과 커피를 시켜 먹었다. 그는 이런 종류의 고요함이 마음에 들었다. 먹는 일과 산책하는 것을 제외한다면 그의 생활은 전부가 잠과 관련된 것이었다. 어느 것도 소리를 필요로 하지 않는다. 그의 방은 칠층, 지붕 바로 밑이었으므로 그의 방으로 올라오는 발소리를 들을 일도 없었다. 그는 방으로 올라오면서 각 층에 사는 사람들의 이름이 적힌 문패를 보았다. 이탈리아 사람과 튀르키예 사람, (아마도) 그리스 사람, 아라비아 사람, 헝가리 (혹은 불가리아) 사람. 그들의 문이 열리는 것을 본 적은 거짓말처럼 단 한 번도 없다. 어쩌면 그 문패에 쓰인 이름들은 모두 오래전에 살던 사람이나 실제로는 이곳에 살지 않는 다른 사람의 이름일 뿐인지도 모른다. 그의 방문에 붙어 있는 'Kim'처럼 말이다. 그리고 어쩌면 대부분 비어 있을지도 모른다. 그렇다면 백년 전에 살던 사람의 이름이 그대로 붙어 있다 해도 이상할 것은 없다. 그러나 안마당에서 가끔 그는 사람들과 스치기도 했다. 대개 혼자 있는 사람들이지만 간혹 두 명 이상이 동행하는 여행자들이 있기도 했다. 혼자 있는 사람은 아무 목소리를 내지 않고 지나치지만 그렇지 않은 사람은 낮고 초조한 음성으로 말하고 있기도 했다. 그는 그런 낯선 외국어들을 스쳐 지나간다. 그의 옆얼굴 위로 말의 파편들이 쏟아진다. 그중에는 그가 이해하는 외국어가 섞여 있는 경우도 있었다. 어느 날, 안마당에서 두 사람이 두 가지 이상의 외국어를 사용해서 말하고 있었다. 그들은 의사소통이 그다지 원활하지 못했고, 한 사람이 사용하는 언어를 다른 사람이 완전하게 이해하지 못하고 있었다. 대개 그렇듯이 보이지 않는 비가 내리고 있었으므로 그들은 블레이저에 달린 모자를 깊숙이 덮어쓰고 있었다. 그들의 대화는 날씨가 춥다든가 비가 오고 있다든가 버스가 몇 시에 출발하는가 따위에 대한 것들이었다. 외국인들은 대개 침울하고 조심스러웠다. 어딘가에서 외국인이 된다는 것은 그럴 수 있는 가능성을 상당히 포함하고 있는 듯했다. 그가 곁을 스쳐 지나갈 때 그중의 한 사람이 말했다.

그런데 이상한 일이야. 이바나가 전화를 받지 않아. 여러 번 전화했지만 그녀는 전화를 받지 않아.

다른 사람이 그 말에 대해 질문했는데, 그것은 그가 알지 못하는 외국어였다. 처음의 사람은 같은 말을 다시 반복했다.

만일 그렇다면, 우리는 아마도 그녀를 다시는 찾지 못할 거야.

그리고 다른 외국어로 빠르게 지껄여댔다. 아마도 날씨에 대한 불평인 듯했다. 계속해서 글루-미, 글루-미, 하고 반복했으니까. 그는 계단으로 올라갔고 여행자들은 사라졌다.

7

중학생이란 뭐라고 형용하기 어려운 모호한 상태이므로, 그에게 '열두 명의 중학생'이라는 말은 그가 전혀 모르는 라틴어나 힌디어와 다를 바가 없었다. 열두 명의 중학생이란, 머리에 터번을 쓰고 낙타처럼 귓속까지 털이 난 낯선 종족과도 같았다.

그는 극장 앞에 서 있었다. 극장에서는 영화가 상영되고 있었는데, 그 영화의 제목이 〈열두 명의 중학생〉이었다. 빵장수가 바구니에 갓 구운 빵을 가득 담아들고 입장하려는 사람들 사이를 누비며 빵을 팔고 있었다.

중학생이란, 몸에 잘 맞지 않는 교복을 입고 헐렁한 구두를 신고 어수선하고 불안한 낯빛으로 시간의 어떤 통로에서 서성이는 난쟁이와 같다. 그에게도 그런 시기가 있었기 때문에 그는 잘 알 수 있었다. 그는 심호흡을 하고 고개를 들어 하늘을 올려다보았다. 하늘에는 비행기보다 빠른 속도로 구름이 지나가고 있었다. 그는 영화관에 들어갈 생각이 없었기 때문에 계속해서 길을 걸었다. 그러나 그가 모퉁이를 돌자 그곳은 새로운 장소였다. 그는 언제나 다니던 길을 걷고 있었기 때문에 몹시 의아하게 생각했다. 상자 모양의 집들이 가득 찬 광장이었다. 상자 모양의 집들은 제각기 손바닥만한 정원을 가지고 있어서, 각 정원에는 익은 사과가 매달린 사과나무나 서양배나무, 우거진 풀, 정원용 의자, 줄에 매인 개, 키 작은 꽃들, 그네와 물조리개 등이 보였다. 각각의 정원은 어깨 정도의 높이로 나무울타리가 둘러쳐져 있어서 그는 걸으면서 그 정원 안쪽을 들여다볼 수 있었다. 그는 어리둥절하면서 집과 집 사이의 작은 오솔길들을 따라 걸었다. 작은 정원 사이의 오솔길은 미로게임을 위한 통로와 같아서 그는 방향감각을 잃었다. 마치 꿈과 같군. 그는 재미있어하며 생각했다.

마치 꿈과 흡사해. 이 비현실적이고 비논리적인 상황을 보면, 정말 흡사해. 그러나 그럴 리가 없는 것이, 나는 분명 오늘 아침 침대에서 일어났고 커피까지 마신 다음에 산책을 나온 것이니 말이야.

하늘에는 구름이 점점 더 빠른 속도로 흘러갔다. 어디선가 밴드의 연주 소리가 들려왔다. 적어도 그는 그렇게 느꼈다. 게다가 그것은 그가 유일하게 완전하게 연주할 수 있었던 편곡된 〈오제의 죽음〉이었다. 그는 바쁜 사람이 아니었기 때문에 이 미로에서 빠져나가려고 발버둥치는 일 따위는 하지 않기로 결심했다. 그는 이런 예상치 못한 몽롱함과 모호함을 즐기려고 생각했으며 먼저 가까운 어딘가에서 서툰 솜씨로 연주하는

(아마도) 아마추어 밴드를 찾아내려고 했다. 그가 이런 마음을 먹기가 무섭게 밴드의 행렬이 작은 정원의 모퉁이를 돌아 그 앞에 나타났다.

그들은 중학생 밴드였다. 그들은 모두 키가 작았고, 같은 디자인의 교복을 입고 있었으며, 커다란 금속관악기를 힘겹게 어깨에 메고 있는, 그리고 다들 얼굴빛이 좋지 않은, 열두 명의 중학생 밴드였다. 그들은 자신들의 중학교 이름이 금빛으로 새겨진 교모까지 쓰고 있었다. 가을이라 하기에는 지나치게 맑고 더운 날이었으므로 목까지 단추를 채우고 질이 좋지 않은 옷감으로 만든 교복 칼라의 깃을 빳빳하게 세운 그들의 얼굴에는 땀이 흐르고 있었다. 그는 조금 당황했다. 이 도시에서 그가 오래전에 다녔던 중학교의 밴드 행렬과 마주치리라고는 정말 꿈에도 생각하지 못했던 것이다. 게다가 옛날 디자인 그대로의 교복과 교모를 쓰고 말이다. 뭔가 이상하다고 그는 느꼈다. 그러나 그들 열두 명의 중학생 밴드는 아랑곳 않고 그를 지나쳤다. 그들이 바로 곁을 스쳐 지나갈 때 그는 그들의 헉헉대는 숨소리, 딱딱한 깃과 목덜미 사이에 고인 땀냄새, 낡은 중학생 구두 속에 갇힌 발가락들의 초조함을 마치 자신의 것처럼 느낄 수 있었다. 그는 멀어져가는 밴드의 뒷모습을 보았다. 그는 자신이 일천구백칠십구년으로 시간을 거슬러올라갔다는 생각이

들었다. 그렇지 않다면 있을 수 없는 일이었다. 그때 그는 중학생이었다. 바로 저들과 같은 교복을 입고 교모를 쓰고 무거운 악기를 연주하면서 거리를 행진하라는 명령을 받았다. 그들이 연주했던 음악의 제목은 편곡된 〈오제의 죽음〉이었다. 그해 그의 어머니가 죽었고, 그는 그 충격과 기억에서 채 깨어나기도 전이었다. 그의 가족사는 그해 어머니의 죽음을 제외한다면 특별할 것이 없었다. 그들은 평범한 노동자 가족이었다. 그러나 어머니가 죽고, 다른 형제들과 가족들이 어머니의 죽음을 곧 잊었다고 중학생이던 그는 생각했다. 그러나 그는 어머니를 잊지 않을 것이며 절대로 그래서는 안 된다는 생각에 강하게 사로잡혀 있었다. 그는 말이 없고 내성적인 편이었는데, 어머니에 대한 애정과 기억은 다른 형제들에게 숨겨야 하는 종류의 것이었다. 왜냐하면 다른 형제들은 모두 그것을 잊은 듯이 행동했고, 또 사실 그러할 것이라고 생각되었기 때문이다.

비밀을 가진다는 것은 중학생인 그에게는 힘겨운 일이었다. 그는 비밀이 주는 무게와 침묵을 이해하기 시작했다. 그에게 애정이란 그런 방법으로 시작되고 기억되었다. 그가 울거나 침울해하면 다른 형제들에게 놀림이나 폭력을 당할 것이다. 그러므로 그는 두려움과 공포를 더불어 갖게 되었다. 그는 단지, 계속해서 침묵했다.

이바나

일천구백칠십구년 가을 중학생이던 그는 〈오제의 죽음〉을 연주하며 거리를 행진했다. 북소리가 들렸다. 그것은 장례식의 행렬이었다. 가엾은 어머니가 흙 속에 있다. 영원히 만나지 못한다. 그는 어머니를 기억해야 하고, 그러지 않는다면 어머니는 망각이라는 더 깊은 죽음으로 사라져버릴 것이 분명했다. 망각은 그가 어머니의 죽음을 인정하는 것이고 그러면 어머니는 의심할 바 없이, 정말로, 고통과 공포와 암흑인 죽음의 세계로 영원히 가버릴 것이다. 어머니를 알고 있는 사람들은 모두 어머니를 잊었으므로 그 자신마저 어머니를 잊는다면, 결국 그가 어머니를 완전히 죽이는 것과 다를 바가 없을 것이었다. 중학생인 그는 이를 악물고 말 한마디 없이, 단지 견디어내기 위해 태어난 난쟁이처럼 행진했다. 한숨을 쉬려고 하면 눈에서 눈물이 흘러내릴 듯했다. 그래서 그는 숨을 멈추었고 가슴에 통증이 느껴질 때까지 이를 악물고 가만히 있었다. 그러면 눈물이 가슴속으로 스며들었다. 북소리가 들렸다. 그의 마음은 산 아래 깔려 있는 것처럼 무겁고 무거웠다. 한없이 무거웠다.

그는 갑자기 걸음을 멈추었다. 일 인치도 안 되는 코앞에 벽이 있었다. 이미 발끝은 그 벽에 닿아 있었다. 벽은 낙서로 지저분했다. 그는 반사적으로 손바닥을 벽에 가져다댔다. 가쁘게

헐떡거리는 숨소리가 들렸다. 그 자신의 것이었다.

 그는 잠에서 깼다. 그는 걸으면서 잠들어 있었고, 아마도 깊이 잠든 채로 꿈을 꾼 것이리라. 그는 현실감각을 찾기 위해 여러 번 눈을 깜박거렸다. 그는 알레가 눈앞에 보이는 모퉁이 벽 앞에 서 있었다. 싸늘한 밤이었다. 그리고 그의 잠은 꽤 오랫동안 계속된 것이 분명했다. 〈열두 명의 중학생〉이라는 영화가 상영되는 극장은 이곳에서 상당히 떨어진 곳에 있었다. 그의 잠은 그 극장을 지나면서 시작되었고 아마도 한 시간 이상 계속된 것이 분명했다. 여러 번 반복해온 정해진 코스의 산책이므로 그는 시계를 볼 필요도 없이 시간을 측정할 수 있었다. 지금은 자정을 십오 분 남긴 때, 맑은 밤하늘에 테두리가 푸르게 반짝거리는 구름이 섬광처럼 흘러가는 시간이다. 이방인들의 거리에는 불빛이 보이지 않는다. 분수가 물을 뿜어내고 있었다. 그는 분수 가장자리에 앉았다. 그는 꿈을 계속하고 싶었다. 음울하고 기이했으나 그는 그것에서 빠져나온 것이 서운했다. 좀 더 시간이 있었더라면 그 중학생 밴드의 무리에서 바로 자신의 모습을 알아볼 수도 있었을 것이다. 땀으로 흠뻑 젖은 모자를 쓰고 주머니에는 몇 닢의 동전과 더러운 손수건이 들어 있고 앞으로 십몇 년 후 자신이 결코 편히 잠들 수 없으리라는 것을 전혀 알지 못하는 그, 바로 B라고 불렸던 난쟁이를.

그가 고개를 들었을 때 그의 눈앞에는 여우가 한 마리 있었다. 여우는 진한 갈색 털을 가지고 있었고 체구가 개보다 작았으며 뾰족한 주둥이에 풍만하고 기묘한 곡선의 꼬리를 가졌다. 여우는 앞발을 분수대에 걸치고 물을 날름거리며 핥은 뒤 경계하는 표정으로 좀 떨어진 곳에서 그를 유심히 바라보더니 곧 흥미를 잃고 어두운 이방인들의 거리로 몸을 흔들며 사라졌다.

8

B는 돌아가야 할 때가 되었음을 깨달았다. 그가 Kim과 약속한 시간이 다 되었다. 그는 철저하게 침묵을 지키는 일에 익숙해졌으며 이제는 그것을 벗어나는 것이 두려울 정도였다. 그가 Kim의 집에 머문 기간은 침묵으로의 여행이었다. 어딘가에서 외국인으로 머무는 것만큼 침묵을 요구당하는 일은 없을 것이다. 그러나 또한 그만큼 침묵을 누릴 수 있는 일도 없을 것이다.

표면적으로만 본다면 그는 단지 하나의 거대한 도시에서 또 다른 거대한 도시로 거주지를 잠시 옮긴 것에 불과했다. 그는 여행자들을 위한 신문에서 Kim의 광고를 읽었고 그것이 마음에 들었을 뿐이었다. Kim은 한 달 이상 그 도시에 머무는 사람들에게 방을 빌려주고 있었고, Kim이 빌려주는 방이 그저 그가 살고 있는 곳에서 멀리 떨어져 있었다는, 그것뿐이었다. 그는 어쩌면 영원히 Kim의 집에서 살 수도 있으리라는 생각이 들었다. 침묵을 누릴 수 있는 외국인으로서라면, 그는 그 집이 어디에 있더라도 상관하지 않았으리라. 그는 시트와 이불과 베개를 정리하고 주방 냉장고에 남아 있는 버터와 크림치즈와 빵과 먹다 남은 잼과 사과무스와 스파게티 국수를 쓰레기통에 버리고 그릇을 정돈하고 행주를 건조대 위에 올려놓고 옷장의 옷들과 『그리스인 조르바』를 가방에 넣고 마지막으로 조심스럽게 봉투에 싼 더러워진 그의 고무밑창 운동화를 넣었다. 그는 두 달 전과 조금도 다름없었다. 방을 나가기에 앞서, 그는 테이블에 앉아 Kim에게 간단한 메모를 남겼다. 그리고 문을 닫기 전 혹시 잊은 것이 있지 않나, 방 안을 한번 둘러본 다음 문을 닫고 열쇠를 신문 투입구를 통해 집 안으로 던져넣었다. 울 카펫 위로 열쇠가 떨어지는 가벼운 소리가 났고 이제 침묵은 끝이 났다, 고 그는 생각했다.

그는 자신이 뽑아놓은 전화 코드를 다시 연결하는 것을 생각하지 못했다. 이바나는 영원히 전화를 받지 못한다. 그와, 그를 포함한 세계의 일부를 끝도 없이 지속되는 견고한 침묵에 예속시켜버린 것을 알지 못한 채 그는 그 도시를 떠났다. 그리고 일생 동안 다시는 그곳을 방문하지 않았다.

9

 여행의 막바지에 우리는 눈 속에 갇혔다. 눈은 하루 낮 하루 밤을 꼬박 내렸다. 마을이고 길이고 모두 눈에 파묻혔다. 온갖 사물의 형체가 불분명해지고 죄의식이 사라지고 길을 잃고 마음이 허둥대기 시작하는 그런 눈이다. 당연히 우리는 더이상 아무 곳에도 갈 수 없었고, 그대로 차 안에 있다가는 온몸이 나무토막처럼 굳어버릴 듯해서 차에서 내렸다. 돌풍이 휘몰아치고 눈이 온 세상을 불투명하게 어두운 회색빛으로 만들어버린다. 우리는 비틀거리며 걷는다. 마치 세상의 끝에 서 있는 듯하다. 우아하면서도 광폭한 여인이 되어, 눈은 기억과 사물들을 학대한다. 마침내 돌풍이 잦아들자 잘 드는 칼로 베는 듯 날카로운 대기가 돌연 우리를 감싼다. 나뭇가지 위에는 눈이 무겁게 쌓여 휘어져내렸고 지붕들과 자동차와 손수레와 우체통 등에도 눈이 작은 산을 이룬 채 덮여 있다. 눈은 여전히 계속해서 내리고 있으나 이제는 상점과 거리의 모습이 어느 정도 눈에 들어오기 시작한다. 구두 속은 이미 눈으로 가득 찼다. 번개나 지진과 마찬가지로 폭설도 인간에게 공포를 불러일으킨다는 것을 알게 되었다. 눈은 머리카락과 어깨와 구두 위에 그리고 눈꺼풀과 주머니 속에도 내렸다. 우리는 마침내 문을 열어놓은 상점을 발견하고 그곳에 들어갈 수 있었다. 눈이 너무 많이 내려 도로와 철로가 모두 끊겨 발이 묶인 많은 여행자들이 그 마을에서 밤을 보내야만 했다. 식당에는 난로가 지펴져 있고 창밖으로 눈 내리는 풍경이 보였다. 우리는 그곳에서 오래된 신문들을 읽고 우리가 가지고 있던 굳어버린 빵조각을 난로 위에 얹어 데워 먹으면서 밤을 보냈다. 바람 소리는 밤이 깊을수록 더욱 길고 날카롭게 비명을 질렀다. 우리는 구두를 벗고 눈을 털어냈으며 장갑과 겉옷을 난로 앞에서 말렸다. 그리고 어둠 속에서 이바나의 모습을 찾아보려고 애썼다. 아무것도 보이지 않는 밤이었다. 눈이 채찍처럼 울리며 허공을 매질하는 소리만이 들려왔다. 이바나는 아마도 눈에 완전히 파묻혔거나 눈에 둘러싸여 움직일 수 없는 상태가 되어 있을 것이었다. 우리가 이바나를 위해 할 수 있는 일이란 아무것도 없었다. 새벽이 될 무렵, 우리는 서서히 잠에 빠져들었다.

아침이 되었을 때 마침내 눈은 그쳤고 난롯불도 꺼져 있었다. 우리는 추위 때문에 잠에서 깼다. 믿을 수 없을 정도로 많은 눈이었다. 날씨는 매우 추웠기 때문에 얼마 지나지 않아 모든 것들이 꽁꽁 얼어버릴 것이다. 우리는 갑자기 일어섰다. 지금 눈을 치우지 않으면 이바나는 봄까지 꼼짝할 수 없을지도 몰랐다. 그러나 엄청나게 많은 눈이 우리와 이바나 사이에 가로놓여 있어서 몇 사람의 힘만으로 이 많은 눈을 다 치운다는 것은 불가능해 보였다. 결국 우리는 그 마을에서 일 주일을 보냈다. 사람들을 도와 눈을 치우고 싫증날 때까지 뜨거운 물 목욕을 하고 밤에는 감자를 넣은 닭요리와 두부전골 같은 그 마을 특유의 음식을 먹었다. 욕조에 더운물을 가득 받아놓고 빨래를 하기도 했다. 우리는 매일 이바나를 보러 갔고 이틀 뒤 기차가 다닐 수 있게 되자 모든 것은 정상으로 돌아온 듯이 보였다. 눈으로 덮인 채 얼어붙은 숲과 마을은 마음을 단숨에 사로잡아버릴 만큼 아름다웠다. 여행 중에 우리가 이불을 덮고 잠들고 마음껏 목욕을 하고 뜨거운 음식을 먹을 수 있었던 것은 이때가 유일하다. 우리가 한 일은 눈이 단단해지기 전에 이바나 주변을 치우는 것이었다. 다행히 우리는 눈삽을 빌릴 수 있었고 장갑이나 털모자도 갖고 있었기에 일하는 것에는 문제가 없었다. 온 마을과 길이 눈으로 가득했으므로 할 일이 없어 한가롭지는 않았다. 눈을 다 치우기 전에 한두 번 눈이 더 내렸으나 문제가 될 만큼 큰 눈은 아니었다. 우리는 마을에서 하나뿐인 학교 운동장의 눈을 치웠고 견고하게 반짝거리는 눈의 산 아래서 커피를 끓여 마셨다. 마을에서는 빵을 구할 수가 없었다. 우리는 식사를 하러 매번 우리가 머물던 여관의 식당으로 돌아와야만 했다. 그러다 마침내 모든 것이 거짓말처럼 허물어지면서 눈이 녹았다. 눈의 세상은 표정을 일그러뜨리기 시작했다.

길에 모래가 뿌려지고 다시 차들이 다니기 시작했다. 그러나 그 달이 가기 전에 한번 더 폭설이 내릴 거라는 기상예보가 있었다. 우리는 다시 눈이 내리기 전에 그 마을을 떠나야 했다. 굵은 빗방울처럼 처마와 나뭇가지에서 흙이 뒤섞인 거무스름한 물방울이 하루 종일 뚝뚝 떨어졌다. 햇빛이 비치는 곳의 길은 거대한 진창으로 변했고, 진창의 강물 속에 발을 디디지 않고는 아무 곳에도 갈 수 없었다. 날이 추웠으므로 눈은 더디게 녹았고, 밤사이 다시 얼어붙곤 했으므로 길은 울퉁불퉁해졌다. 그곳에서는 시간의 속도를 가늠하기 어려웠다. 그리고 그곳에서는 싼값에 갓 만든 두부를 얼마든지 먹을 수 있었다. 그곳은 낯선 변두리였고 가까운 도시로 가려면 두 시간이나 버스를 타야 했으며 겨울이 되어 눈이 오면 고립되는 작은 마을이었다. 그리고 그곳에서 우리의 돈이 떨어졌다.

이바나

　우리는 더이상 절대로 일할 생각이 없었다. 집을 가질 생각도 없었고 치과에 가거나 새 이불을 덮고 싶은 생각도 없었다. 그러나 돈이 없다면, 우리가 이바나와 함께 할 수 있는 일은 아무것도 없었다. 우리는 잠시 돌아가서 가지고 있는 나머지 것들을 모두 팔고 여권을 만든 다음 이바나와 함께 아주 멀리 떠나버리자고 생각했다. 우리는 그 점에 대해 일단 동의했으나 잠시일지라도 돌아가야만 한다는 사실에 불안을 느꼈다. 그리고 우리가 가지고 있던 마지막 것들, 모든 것을 헐값에 팔아치운다면, 그것은 곧 우리가 아무것도 이곳에 남기지 않는다는 뜻과 같았으므로, 우리는 다시 돌아올 수 없을지도 몰랐다. 우리는 일단 여권을 가지고 먼 곳으로 떠날 것이고 돈이 떨어질 때까지 계속해서, 계속해서 여행을 할 것이다. 나중에 우리의 이야기를 들은 한 남자가 그것은 방랑에의 허영이나 우수를 빙자한 허풍이었을 거라고 단정했다. 그러나 그것은 방랑에의 허영도 과장된 허풍도 아니었다. 돌아오지 않을 여행이란 허영이 될 수는 없는 것이다. 우리는 너무 멀리 가버려서 길을 잃을지도 모르고 낯선 곳에서 죽을지도 모른다고 생각했다. 돈이 떨어지고 서류가 미비하여 추방될 가능성도 있었다. 그럼에도 불구하고 아무것도 두렵지 않았다. 우리 중 누가 먼저 그런 구체적인 계획에 대해 이야기했는지는 기억나지 않는다. 어쩌면 그것은 바로 이바나였을지도 몰랐다.

눈 속에 갇혀 있던 이바나와 함께 돌아가는 길에도 〈Going to California〉를 들었다. 이바나의 엔진은 늙은이의 목구멍에서 나는 듯한 탁한 기침을 토해냈다.

10

K가 여행을 시작하게 된 결정적인 이유는 불면이었다. 그전에는 여행 같은 것은 쓸모없다고 생각했다. 물론 다른 이유를 말하려면 얼마든지 할 수 있지만 그런 식으로 돌려서 하기는 싫다. K는 대도시의 빈민지역에서 태어났다. K는 변두리 어린이집에서 최초의 글자와 노래를 배우기 시작했다. 형편이 넉넉지 못한 여자들은 아이들을 그런 곳에 맡기고 일하러 나갔다. K는 초등학교도 그곳에서 마쳤다. 무료로 나누어주는 교과서와 연필을 가지고 공부했다. 성적이 좋지 않으면 장학금을 받을 수 없었기 때문에 K는 열심히 공부했다. 그때, 중학생 밴드의 행진을 본 것이 생각난다. 무엇 때문인지는 모르나 근처 중학교의 밴드가 음악을 연주하면서 거리를 행진했다. 사람들은 매우 엄숙하고 침울한 표정을 하고 있었다. 공기는 맑고 차가

웠으나 두껍게 껴입은 질 나쁜 겨울 속옷과 낡은 셔츠 속에서 K는 땀을 흘리고 있었다. 거리에는 풀 한 포기 없고 먼지와 코를 찌르는 싸한 매연과 사람들의 땀냄새뿐이었다. 투명한 봉지에 든 크래커가 아이들에게 나누어졌다. 그때 K에게 제복을 입는 중학생이란 어른과 다를 바가 없었다. 그래서 K는 그 중학생 밴드가 두려웠다. 중학생 밴드는 그 마을에서 일종의 폭력배들이었다. 그들은 행진이 끝나면 학교로 돌아가 무거운 금속 악기들과 북을 창고에 넣고 중학생 모자를 삐뚤게 쓴 다음 거리로 나와 건들거리다가 골목길에서 어린 학생들을 만나면 돈을 요구하기 일쑤였다. 학교에서 K는 우유와 빵을 점심으로 먹고 보호를 받았으나 집으로 돌아가면 그렇지 못했다. 하지만 그런 이유로 K가 여행을 떠난 건 아니다. 지금 K는 미성년의 시간을 다 잊었으며, 그 시간이 K에게 지금까지도 지속되는 영향력을 갖고 있다고 생각하지는 않는다. 유년 시절의 기억을 서정적으로 말하는 사람들을 본 적이 있다. K는 그런 것을 이해하지 못한다. K에게 유년기란 잘못 뜯겨진 노란 전화번호부의 한 페이지나 복지부 직원의 실수로 두 번이나 받게 된 혈액검사 증명서 같은 것이다. K는 분명히 그것을 가지고 있었으나 왜 그래야 하는지 이해하지 못하는 반면, 그것의 무의미함이나 하찮음만은 분명히 알아차렸다. K는 마치 줄지어 선 채로 행진

하는 중학생 밴드의 행렬처럼 그 시기를 빠져나왔다. 한 걸음을 뗀 후에 다음 걸음을 옮길 위치를 생각하지 않아도 행렬은 계속되듯이 단지 그렇게 말이다.

어느 날, 불면이 K에게 찾아왔다. 갑작스럽게 잠에서 깨어난 어느 밤, K는 그것이 시작되었음을 깨달았다. 고층건물의 불빛, 앰뷸런스의 사이렌 소리, 언제나 들리는 자동차의 소음, 커튼 사이로 스며들어 방을 가로지르는 전광판의 섬광, 술 취한 발소리, 싸움과 일부러 내지르는 날카로운 여자들의 교성, 욕실을 타고 흐르는 물소리, 그리고 빌딩 관리인의 무전기 소리. K는 대도시 서민 거주지역의 골목마다 스며 있는 설거지통 냄새보다 밤이면 텅 비는 도심의 공동을 더 좋아했다. 처음에는 매일 밤 같은 시간에 잠이 깼다. 그러다가 한 시간이나 두 시간쯤 뒤 다시 잠이 들었다. 두번째 잠은 달콤하고 흡입력이 강했다. 그러나 깨어 있었던 만큼 피곤한 것이 사실이었다. 점점 더 K는 아침에 일어나는 것이 싫어졌다. 그 잠을 더 계속하고 싶었으나 K는 사무 노동자였으므로 매일 출근하지 않을 수 없었다. 그러나 점점 시간이 지나도 다시 잠들 수 없는 날들이 늘어갔다. 밤에 깨어 있는 시간은 길어졌고 아침에 일어나는 것이 지옥이 되어갔다. 낮에 일하기 위해서는 엄청난 양의 커피를 마셔야만 했다. K는 의사가 처방해준 수면제를 먹었으나 별 효과를 보지 못했다. K가 한밤에 잠이 깼을 때 알약을 삼키고 불을 끄고 누우면 서서히 가벼운 졸음이 기분 좋게 몰려왔다. 그러나 수면제의 효과는 순간적이어서 바로 그때 잠드는 데 실패하면 정신은 다시 맑아진다. 책을 읽거나 아령을 들거나 물구나무를 서거나 뜨거운 물 목욕을 하는 것도 아무 효과가 없다. K는 의사의 처방을 무시하고 코끼리도 잠재울 수 있다는 수면제를 구해다 먹었다. 처음에는 그럭저럭 잠들 수 있었으나 믿을 수 없게도 이 주일이 채 지나기 전에 한 다스의 알약을 삼켜야 하는 상황이 되었다. 그리고 그것은 심각한 탈모와 극심한 우울증을 동반했다. 이제 K는 약을 먹지 않으면 아예 처음부터 잠들 수 없는, 그런 단계에 이르렀다.

  K는 더이상 일을 할 수 없었다. K의 눈은 언제나 충혈됐고 피부는 칙칙하게 변했으며 머리칼은 거칠하게 말라갔다. 더욱 황폐해진 것은 노동의지였다. 더이상 일할 수 없었다. 아니 일하기 싫었다. 잠을 잘 수 없게 되면서부터 K는 극심한 피로에도 불구하고 여전히 전과 마찬가지로 일해야만 하는 이유가 과연 무엇인지 생각하게 되었다. K는 십대 시절부터 오랜 시간 노동해왔다. 이제는 그만두어도 좋지 않은가. 그렇다면 밤에 잠을 잘 수 없는 것이 이처럼 고통이 되지는 않을 것이다. 사무실에서 K가 핏발이 선 눈에 눈물을 흘리고 있는 것을 본 동료

가 지나가다가 놀라서 칸막이 너머로 물었다. K, 왜 그러는 거지? 무슨 일이야, 혹시 불면인가?

K는 자신의 전 존재를 위협하는 것이 상대편에 의해 감기나 부스럼처럼 가볍게 말해지는 데 놀라움과 수치를 느꼈다. 그래서 냉담하게 대꾸했다.

아니, 단지 친척이 아프다는 말을 들어서.

불면이 삶을 고통 그 자체로 만드는 데는 그다지 오랜 시간이 걸리지 않았다. K는 죽음에 대해 생각했다. K가 죽는다면, 이런 고통도 마침내 끝나리라. 언젠가는 K는 죽을 것이다. 그 시간은 빠르거나 아니면 늦을 것이다. 그러나 그 둘의 사이가 크지는 않을 것이다. 즉, 언제 죽는가 하는 것이 그다지 큰 문제는 아니라는 뜻이다.

어느 날 라디오에서 〈Going to California〉를 들었다.

사무실에서 K에게 재정관리 서류 양식을 보내주었다. K가 오십오 세까지 일한다는 전제하에 얼마간의 돈을 예치금으로 입금해놓으면 K는 집을 가질 수 있었다. 그리고 그 집에 대한 지불은 오십오 세까지 나누어서 낼 수 있다는 것이다. 그리고 그사이에 K는 서른 살을 전후해서 말리부나 인도네시아 같은 곳으로 일 주일 동안 여행을, 아마도 신혼여행을, 떠날 수 있으며 아이를 갖게 된다면 자동적으로 교육보험에 가입이 된다. 운이 좋으면 대형 텔레비전이나 독일제 냉장고 같은 고급 전자제품을 선물로 받을 수 있으며 자동차를 사게 된다면 돈을 빌려주기도 한다. 마흔 살 무렵에는 또 한 번의 여행이 마련되어 있다. 아프리카나 지중해 연안이나 유럽이나 선택만 하면 된다. 그리고 은퇴 후부터는 연금이 나온다. 모든 것은 K가 오십오 세까지 사무실에서 같은 일을 계속한다는 전제하에 가능한 일이었다. 즉 회사가 보증을 서고 은행이 K에게 돈을 빌려주는 것이다. 평범한 노동자들에게 안정된 삶이 제공되는 기회인 셈이었고, 일만 하면 회사에서 재정관리를 대신 해주겠다는 뜻이었다. 언제 외국으로 여행을 하고 저축을 얼마나 해야 하나 하는 문제를 대신 결정해주는 것이다. 혹시 병이 들더라도 회사에서 지정한 병원에서 치료해줄 것이다. 그런 식의 보험계약이 포함되어 있으니 말이다. (그러나 유감스럽게도 단순한 불면은 보험이 적용되는 병명에 포함되지 않았다. 그것이 치유되지 않는다는 것을 모두가 다 알고 있는 것이다.) 단지 K가 오십오 세까지 그 사무실에서 같은 일을 하기만 한다면. 물론 주말이나 휴가 때면 충분한 여가생활도 즐길 수가 있다. 이 모든 것을 얻기 위해 K는 그 서류에 서명하기만 하면 되는 것이다. 얼마나 쉬운가. 그러면 K는 아마도 내년쯤에는 말리부나 인도네시아로 일 주일간 단체여행을 떠날 수도 있을 것이다.

그러나 K는 그 서류에 서명하는 대신 인사국에 편지를 썼다.

내 친척 자매 중의 한 명이 시골에 살고 있습니다. 그녀는 나이가 많고 결혼하지 않아 돌봐줄 사람이 없는데 불행히도 척추 수술을 받아야만 하게 되었습니다. 그러므로 제가 그녀를 돌봐주어야 합니다. 그녀의 수술에 관한 진단서는 지금 당장 제출할 수가 없습니다. 말했다시피 그녀는 혼자 병원에 누워 있는 몸이므로. 하지만 제가 가서 그녀를 간호하고 돌아오면서 수술과 입원에 관한 진단서를 제출하겠습니다. 그런 이유로 일단 임시로 휴직하고 싶습니다.

K는 회사 재정관리 서류와 휴직의 편지 사이에서 잠시 생각에 잠겨 있었다. 만일 서너 달이 지나 회사로 돌아올 때―그때가 되면 불면도 치료될 것으로 생각했다―적절한 진단서를 제출하지 못한다면 어쩌면 파면될지도 모르는 일이었다. 그러나 불면의 피로가 너무나 극심했으므로, K는 더이상 복잡하게 생각하기를 원하지 않았다. K는 편지를 팩스로 사무실로 보냈다. 그리고 전화기의 코드를 뽑아버렸다. K는 새벽까지 잠들지 못하다가 잠시 파편과도 같은 잠에 빠져들기가 무섭게 다시 일어나 찬물로 샤워하고 반 리터가량의 커피를 마신 다음 다시

사무실로 향해야 하는 그런 상황에서 도피하고 싶었다. K는 하루 종일 침대에서 일어나지 않고 불을 끈 채 여러 가지 자세로 누워 있었다. 커피도 마시지 않았다. 사무실로 나가야 한다는, 일정 시간에 반드시 잠에서 깨야 한다는 압박이 없으므로 K는 좀 더 편한 마음을 가질 수 있었다.

처음에 K는 사무실에 있는 자신의 서류를 생각했다. 숫자로 가득한 종이들, 서랍 속의 지우개와 연필, 클립과 쓰다 만 메모지와 잉크병과 고무밴드, 그리고 캐비닛에 빈틈없이 들어찬 서류철과 온갖 규약집과 프로그램 운용법들, 사전과 맞춤법 개정안에 관한 책자, K가 채 마치지 못한 일거리들. 보고서의 숫자가 들어가야 할 빈칸을 완성하지 못한 채 K는 집으로 돌아왔던 것이다. 그리고 K가 아침이면 걸어야 하는 전화들. 지켜야 할 약속들. 은행과의 해결되지 않은 문제. 그리고 쓰다 만 편지들. K는 슬픔과 초조함 때문에 몸이 떨려왔다. 조금만 잠을 잘 수 있다면, 몇 시간이라도 편하고 깊은 잠을 잘 수만 있다면 K는 다시 회사로 돌아가 일할 생각이었다. 그리고 그것이 너무 당연했다. 일하지 않는다면 노동자가 무엇으로 살 수 있단 말인가.

다음 날 밤에 누군가가 K의 집 문을 두드렸다. 조심스러운 노크였다. K는 침대에서 그 소리를 들었으나 움직이지 않았다. 노크 소리는 점점 커졌다. K는 침대에 있었고 집 안에는 불빛이 없었다. 텔레비전도 켜져 있지 않았고 욕실도 고요했다. K의 집을 노크한 사람은 창의 커튼 사이로 K의 집 안을 유심히 관찰했다. 그의 그림자가 창가에서 오랫동안 어른거렸다. K는 그 모든 것을 침대에 누운 채 지켜보고 있었다. 집 안이 어두웠으므로 그림자는 침대에 누워 있는 K를 보지는 못했다. 그림자는 마침내 아무것도 찾아내지 못한 듯이 어깨를 으쓱하더니 양복 주머니에서 수첩을 꺼내 뭔가를 한참 동안 메모했다. 마지막으로 그림자는 자신의 손목시계를 들여다본 후 시간을 적어넣었다.

그림자의 사람은 단지 K의 집을 노크하고 사람의 흔적이 없나 집 안을 관찰한 것뿐이었다. 그는 K를 위협하거나 침입한 것이 아니었다. 그러므로 K는 그를 두려워할 이유가 없었다. 그러나 공포 때문에 K의 몸은 굳었다.

K는 조심스럽게 침대에서 일어나 창가로 다가가 그림자의 사람이 완전히 가버렸나 살폈다. 그리고 커피 주전자에 물을 따르고 커피를 만들었다. K는 떨리는 가슴을 진정시키기 위해 급하게 커피를 마셨다. 물론 집 안의 불을 켜지는 않았다. K는 조심스럽게 움직였고 혹시나 슬리퍼 소리나 물소리가 나지 않도록 주의했다. K는 검은 옷을 꺼내 입었다. 그러면 어둠 속에

서 움직이는 K의 모습을 발견하기가 어려울 것이다. K는 철저하게 소리를 내지 않았다. 냉장고 문을 열 때도 창밖을 관찰했다. 창문을 결코 열지 않았고 커튼을 건드리지 않았다. K는 그림자의 남자가 누구인지 잘 알고 있었기 때문이다. 그는 회사에서 고용한 사람이다. K가 정말로 친척 자매를 돌봐주러 여행을 떠난 것인지 회사는 알고 싶어한 것이다.

K는 자신이 그곳에서 계속 잠을 기다릴 수 없다는 것을 알았다. 그림자의 남자가 언제 다시 찾아올지 모르고 어딘가 가까운 곳에서 지속적으로 K의 집을 관찰하고 있는지도 몰랐다. K는 존재하지 않는, 수술받은 친척 자매를 찾아 떠나야 하리라.

11

사랑에 대해, 우리는 고의적으로 말하기를 피한다.

그것은 수치나 허물이 아님에도 불구하고 침묵을 강요하기 때문이다. 사랑이 시작될 때, 우리는 침묵에 복종한다. 그것은 강요당한 상태이다. 우리는 '저항할 수 없는 영혼'이라는 표현의 의미를 이해하게 된다. 여러 사람이 말했지만, 사랑은 심장을 움켜쥐는 음악과 같다. 격정에 빠진 연인은 스스로 추방되기를 원한다. 사회나 제도, 결혼에 등을 돌린다.

그리하여 우리는 은밀한 방으로 들어간다. 거기서 문을 잠근다. 거기 머문다.

사랑이 우리 곁을 완전히 떠날 때, 우리는 욕실에서 스스로 머리칼을 자른다. 머리칼이 없다면 팔이나 혀를 자르거나 눈을 잃게 된다.

고통에 대하여, 육체란 영혼보다 더욱 직접적이며 분명하게 말한다. 육체란 영혼의 언어이다. 영혼은 육체를 빌려 말한다.

사랑이여, 베여나간 내 살이여.

자신의 일부가 베여나가지만 아무것도 느낄 수 없다. 단지 섬뜩함만이, 아주 오랜 시간이 지나서야 비로소 그 정체를 알 수 있게 될 그런 섬뜩함만이 피부에 남는다.

사랑이 치명적인 것은 바로 자신에게 일어나는 일이기 때문이다. 그 이상은 아니다. 그러나 그것만으로도 너무나 충분하다.

우리가 늙고 죽음을 목전에 두어 더이상 사랑에 대하여 아무런 희망이나 가능성도 꿈꾸지 않을 때, 더이상 사랑이라는 말에서 그 어떠한 상처도 기억하지 않게 될 때, 그런 때에야 우리는 그것에 대해 말할 수 있는 자유를 얻게 될지 모른다. 그러나 지금은 아니다.

침묵.

12

처음에 B가 그녀를 만났을 때, 산나는 간호사였다. 그러나 B의 기억에 의하면 그녀는 그 직업을 좋아하지 않았다. 아니, 좋아하지 않는 정도가 아니었다. 산나가 간호사가 된 것은 부유하고 영향력 있는 직업을 가진, 예를 들자면 의사, 단지 그런 남자를 만나기 위한 것이었다. 그러나 십 년 동안 병원에서 일했지만 그런 남자를 만나지 못했고 앞으로도 그럴 수 있는 가능성이 희박하리라는 것을 인정하게 된 상황이었으므로 산나는 매우 히스테리컬한 상태였다. 그런 매력을 제외한다면 간호사란 직업 자체는 산나에게 아무런 흥미가 없었다. 산나는 병원을 싫어했다. 그보다 더 싫은 것은 병든 사람이었고 최악으로 싫은 것은 가난하면서 병든 사람들이었다. 산나는 병든 사람들의 눈빛이 싫었다. 그녀는 병든 사람들과 눈을 마주치는 것이 싫었다. 병원 복도를 가득 채운 병든 사람들. 그들의 애원하는 듯한 눈빛, 억울함과 원망이 넘치는 누런 눈동자, 집요하게 따라오는 눈빛들, 비굴할 정도로 나약해 보이는 몸짓들, 그들의 악취, 질병과 가난이라는 악취.

결국은 다 죽는단 말이야. 그런데 그들은 자신들이 가난해서 죽는다고 굳게 믿고 있는 거지. 그건 (스스로에게) 아주 잔인한 오해일 뿐이야. 현대 의학의 수준에서는 치명적인 질병은 더이상 돈을 필요로 하지 않아. 돈을 필요로 하는 것은 병원이지. 그러나 아무리 설명해도 그들은 납득하지 못해.

표면적으로는, 산나는 B에게 아무런 관심도 갖지 않았다. 그녀는 언제나 이마를 반쯤 찡그린 채 종종걸음으로 복도를 지나치곤 했다. 때로 그녀는 B가 읽다가 빈 의자에 놓아둔 『그리스인 조르바』를 유심히 들여다보기도 했다. 그러나 그들은 한마디도 대화를 나누어본 적은 없었다. 그들은 서로의 목소리를 몰랐다. B가 병원에서 해고될 때 그는 짐을 싸고 난 뒤 산나의 앞을 지나치면서 산나의 책상 위 메모지에 다음과 같이 썼다.

전화번호는?

산나는 물끄러미 그것을 들여다보고는 눈썹을 추켜올렸다. 산나는 빠른 손놀림으로 그 아래에 자신의 전화번호를 썼다. 그리고 B를 빤히 쳐다보면서 메모지를 내밀었다. B는 그것을 가지고 갔다. 그때 산나는 왜 B의 물음에 대답해주었을까. B는 그것이 궁금했다. 그는 당연히 산나가 거절하리라고 생각했던 것이다. 그러므로 B는 산나가 전화번호가 적힌 메모지를 내밀자 반가움보다는 당황함이 앞섰다. 그러나 그는 곧 여행을 떠났고 산나에게 전화할 기회를 갖지 못했다. 그가 산나에게 전화한 것은 그해가 지나고 가을과 겨울이 지나고 그가 중학교에 일자리를 구하고 다시는 여행 같은 것은 떠나지 않으리라는 예감이 확고해졌을 무렵이었다.

13

그들은 서로의 목소리를 들었다. 아니 그것을 처음으로 알아보고, 발견했다. 그들은 서로의 이름을 발음했다. 그들은 서로의 침묵을 깼다. 그들은 전율했다. 그들은 서로의 이름이, 그 목소리가 영혼을 건드리는 것을 알았다. 그들은 서로의 발자국 아래에 가서 누웠다. 백조가 그들에게 날아왔다.

14

우리의 계획을 모두 듣고 나더니 그는 무례하지 않을 정도로 웃음을 터뜨렸다. 그런 식으로 자동차에 집착하는 것은 미성숙한 어린아이들이나 하는 짓이라고 그는 평했다. 그러고 나서 장담하지만 절대로 저 차―이바나를 손으로 가리켰다―로는 대륙을 횡단할 수 없을 거라고 했다. 일단 너무 낡아서 고장이 나면 손을 쓸 수 없는 상태라는 것이다. 차를 팔고 다른 차를 구하든가 아니면 여행을 포기하라고 했다. 그건 안 돼요! 우리는 동시에 말했다. 이바나를 판다는 것은 상상할 수 없었다. 그러면 돈을 어디서 구할 겁니까? 그가 물었다. 이 차는 얼마 안 가서 움직이지도 않을 것이고, 수리하는 데는 차를 새로 사는 것만큼의 돈이 들 텐데. 그리고 수리한다고 해도 다시 고장 나지 않는다고 장담은 절대 못 해요. 그전에 차라리 이런 차를 좋아하는 골동품 마니아에게 팔아버리고 튼튼한 새 차를 사는 것이 합리적인데. 그렇지 않습니까? 그는 동의를 구했다. 우리가 일해서 돈을 벌겠어요, 우리는 동시에 대답했다. 아마 많은 시간이 걸릴 거예요. 지금은 실업자가 넘치는 시기라서 일자리를 구하기가 힘들어요. 게다가 그렇게 일하고 있는 동안에 당신들의 마음이 변할지도 모릅니다. 나는 당신들이 무엇으로부터 그렇게 도망치려고 하는지 이해할 수 없군요.

중고 가구와 책을 사가기 위해 우리에게 들렀던 중개업자는 자신이 이바나를 살 만한 사람들을 여럿 알고 있으니 마음이 바뀌면 언제라도 자신에게 이야기하라고 말하고 돌아갔다. 우리는 절대로 그럴 일이 없다고 생각했기에 그의 호의를 귀담아듣지 않았다. 돌아온 우리가 본 것은 여전히 변하지 않은 사람들, 여전한 불면의 밤, 밤의 마지막 지하철에서 두 손으로 얼굴을 가리고 소리 없이 우는 남자였다. 그리고 우리는 자살하기 위해 밤의 동물원 맹수 우리에 몰래 숨어들어가는 사람들에 관한 이야기를 들었다.

이것이 도시 생활이야, 우리는 생각했다.

특별할 것도 없는 특별한 일들이 매일같이 일어나고 너무 많은 사람들이 있기 때문에 죽는 사람도 많고 태어나는 사람도 많아. 우리가 무엇을 할 수 있지? 모든 것은 단지 도시의 신진대사일 뿐이야.

그러나 우리 또한 대도시의 아이들로 태어나 그렇게 자랐다. 도시란 단순히 자연이나 전원에 반대되는 그런 지역을 나타내는 개념이 아니라 지나치게 총체적인 개성이 되어 있었다. 그것은 터져나갈 듯이 과잉된 욕망과 자의식의 상징이기도 했다. 단지 많은 건물과 현대적인 설비만이 대도시를 특징

짓는 것은 아니다. 그것은 밀집된 사람들, 포화상태를 넘어버린 개성, 시스템을 유지하기 위한 시스템, 칼날 같은 에고이즘들이 응축된 시공간이다. 대도시는 증식하는 조직이며 포식자이다. 보이지 않는 사슬은 한번 대도시로 들어온 이들을 잘 놓아주지 않는다. 우리는 이 모든 것을 잘 알고 있었기에 우리가 다시 대도시의 개성에 흡수될 것을 두려워했다. 그렇게 되면 우리는 다시는 떠나지 않을 것이고, 이바나와 함께한 시간들을 잊을 것이고, 이바나를 만나기 전에 우리가 얼마나 이곳을 떠나고 싶어했는지 역시 잊을 것이다. 그러면 단지 우리는 대도시의 사람들이 흔히 그러는 것처럼 일시적인 여행자로, 카메라와 지도를 손에 든 채 같은 기념품 판매대와 관광지를 반복해서 헤매는 그런 여행자로 남을 것이다.

여행 이야기를 책으로 쓴다는 아이디어는 썩 마음에 드는 생각은 아니었다. 그러나 우리에게 의뢰된 일은 그런 것이었다. 우리 두 사람이 책을 두 부분으로 나누어 각자 쓴다면 시간도 절약될 것이고 더 재미있는 구성이 될 수도 있다, 는 것이 편집자의 생각이었다. 어쩌면 그의 말대로, 유료 양로원에서 하루 종일 일하는 것보다 나을지도 모른다. 편집자는 이바나의 이야기를 좋아했다.

이바나가 정말 여자라면 좋겠는데요, 하고 편집자가 말했다.

초록색 옷과 금빛 귀고리를 한 키가 큰 여자 말이죠. 그러나 뭐 아무래도 상관없어요. 아름답기만 하다면 초록빛 옷이면 어떻고 또 노란색이라 해도 무슨 상관이겠습니까.

편집자는 이런 글들을 책으로 만들어 도시 생활에 염증을 느끼고 자연 속에서 살고 싶어하는 수많은 사람들에게 팔 생각인 것이다. 그러나 우리는 자연에 대해서는 쓰지 않을 것이다. 우리는 자연에서 살아본 적도 없고 전원생활을 원한 것도 아니었다. 우리가 원한 것은 단지 잠과 침묵이었다. 그러나 편집자는 이해하지 못했다.

그러니까 뭡니까, 결국 복잡한 도시를 떠나 전원에서 살고 싶다, 자유로운 생활이 좋다, 뭐 그런 것 아닐까요? 그는 애매하게 말을 흐렸다.

우리는 매일 워드 프로그램을 사용할 수 있는 대학 도서관으로 가서 글을 썼다. 도서관 카페테리아에서 빵과 커피로 식사를 마치고 컴퓨터 앞에 앉아 글을 쓰고 점심때 다시 카페테리아로 내려갔다. 글을 쓴다는 것은 지루하기 짝이 없는 일이었다. 그것은 허공을 향해 지속적으로 몰입하게 하는 일이었다. 팬터마임 배우와 다르지 않았다. 거기 있는 것처럼, 거기 있는 것을 믿는다. 거기 있지 않다는 사실을 의식하지 않는다. 마침내는 '있다'라는 것이 왜 '없다'와 다른 단어로 표현되는지 이해하지 못한다. 우리는 '여행한다'라고 쓴다. 그다음, 이제 그 동사에 대한 모든 책임을 지는 것이다. 지도나 나침반도 없고 물론 밤하늘의 별도 없다. 그런 일에 익숙하지 않은 사람은 더 빨리 지쳤다. 그것은 대개 K였다. 점심을 먹은 다음 우리는 서로의 글에 대해 토론하고 의문점이나 수정했으면 하는 부분에 대해 이야기를 나누었다. 우리는 우리가 느끼고 겪은 일들을 그대로 묘사하려고 애썼고, 돈이 완전히 떨어지기 전에 글을 완성해야 했으므로 초조하기도 했다.

이바나는 지하 주차장에 있었다. 우리는 그녀를 만나러 갔다. 그녀와 함께 저녁 커피를 마시고 〈Going to California〉를 듣기 위해서다. 그러나 이상하게 모든 것이 서서히 지루해졌다. 단순한 지루함이 아닌, 마치 병이 든 것처럼 무기력해지고 지쳐갔다. 너무 많은 사람, 너무 많은 소음, 너무 긴 줄, 너무 많은 시스템, 너무 많은 청구서, 앞에도 옆에도 뒤에도 그리고 위에도 아래에도 사람들, 사람들뿐. 죽을 때가 되지 않고서는 결코 대도시를 떠나지 않을 그런 사람들뿐. 지하 주차장에서 듣는 〈Going to California〉는 텔레비전 음악과 다르지 않았다. 물속에서 손발을 허우적거리다가 마비되는 것처럼 지쳐가기 시작하는 기분, 그런 것이었다. 지하 주차장에 있는 이바나는 조금도 특별하지 않았다. 게다가 바닥에 쓰러져 있는 이바나는 초라하고 나이들어 주름이 온 얼굴을 덮고 있었다. 그 몰골을 보기가 마음이 아플 정도였다. 우리는 떠나기 전에는 더이상 이바나를 보지 않기로 했다.

                    15

 사람들은 여행을, 아니 여행에 관한 이야기를, 아니 여행의 기록물을 좋아하므로 편집자는 여행에 관한 것만을 강조했다. 그의 생각에는, 사람들은 두 종류로 나뉘는데, 여행에 관한 책을 사는 사람들과 사지 않는 사람들이다. 그리고 여행에 관한 책을 사는 사람들은 다시 나누어지는데, 실제로 여행을 하는 사람들과 그렇지 않은 사람들이다. 그리고 전자는 다시 여행하기 전에 책을 사는 부류와 여행이 끝난 다음에 책을 사는 부류로 나뉘고, 또 그 전자는 실제로 여행을 떠나기 위해 준비만 하다가 세월을 보내는 사람들과 게으르지만 호기심만은 왕성한 그런 타입으로 나뉠 수 있다. 편집자는 언제나 사람들을 분류하는 일에 많은 에너지를 쏟았다. 그는 마치 동물을 척추의 유무에서부터 시작하여 소화기관의 형태, 물갈퀴의 존재, 발굽의 갈라짐 등으로 세분하는 식으로, 책과 관련해 사람들을 분류하기를 즐겼다. 여행하는 사람들은 여행을 떠나기 전에 일단 책을 사기를 원한다. 낯선 나라의 위치나 음식이나 길이나 문화에 대해 정보를 얻고 싶어하는 것이다. 버스를 탈 때 얼마를 내야 하는지 지하철은 문이 몇 개인지 아니면 오페라하우스의 표를 파는 곳은 어디인지 게스트하우스는 어디에 있는지 하는 따위의 쓸모없는 것들 말이다. 그리고 그들은 여행에서 돌아오면 좀 다른 것을 산다. 그 나라의 노벨상 수상자나 대통령에 관한 책 같은 것 말이다. 혹은 전후의 역사가 자세히 기술된 역사책이나 그 나라 출신의 소설가가 쓴 지루한 소설 같은 것. 설사 책을 읽지 않는 여행자라 할지라도 그런 책들을 사는 것은 그들이 낯선 나라를 여행했다는 사실을 증명하기 위해서다. 여행하지 않는 사람들 역시 마찬가지의 책을 사는데, 이들은 마치 여행한 것과 같은 기분을 느끼기 위해 좀 더 자세하고 좀 더 서술적인 텍스트를 찾는다. 그들은 정보보다는 읽을거리를 통한 대리 체험을 원하므로 픽션과 논픽션의 중간쯤을 선호한다. 말하자면 일기나 편지 혹은 로맨스 같은 것이다. 편집자는 외국 생활이나 체류기에 관한 책이라면 무조건 사는 편이었다. 우리가 이바나에 관한 원고 이야기를 했을 때 그가 솔깃해한 것은 우리가 이바나와 이미 한 그런 여행이 아니라 앞으로 있을, 자동차로 외국을 여행한다는 좀 특별해 보이는 테마였다. 그는 우리에게 돈이 없으며, 돈을 마련하지 못하면 앞으로의 여행이란 물론 있을 수 없다는 것을 일찌감치 알아차렸다. 그는 우리에게 돈을 줄 테니 지난 여행에 관한 이야기는 물론, 앞으로 있을 여행에 관한 이야기도 글로 써줄 것을 약속해달라고 했다. 앞으로 갈 외국에 관한 모든 것들을. 외국의 개와 옷차림과 길과 강물의 흐름과 날씨에 대한 사소한 것들도. 특히 성城이나 고딕 양식의 교회나 양고기 요리와 같은 이국적인 것들에, 가능하다면 서사성을 부여한 것을. 그리고 우리가 이미 한 여행에 대해서는 단지 재미있고 솔직하게 써달라고만 했다.

그러나 절반 정도 완성된 우리의 원고를 본 그는 불만을 나타냈다. 거기에는 그가 원하는 수준의 어떠한 사적인 고백도, 여행 중의 드라마틱한 체험도, 심지어 그저 그런 로맨스조차 없었기 때문이다.

16

그들은 겨울 새벽처럼 빛나는 창백한 살갗을 갖고 있었다. 그리고 거의 완벽한 검은빛에 가까운 잿빛 머리칼에 불거진 광대뼈와 검은 눈동자를 가졌다. 그들은 검은 가죽모자와 검은 가죽옷을 입었다. 그들의 몸매는 제비처럼 날렵하고 표정은 없었다. 그들은 두 종류의 만돌린과 아코디언으로 〈치고이너바이젠〉을 연주했다. 음악은 검은 성벽을 타고 11월의 공기를 가르고 왕의 무덤과 그의 주변에 머물렀던 여자들의 초상화 위로 퍼져나갔다. 어쩔 수 없이 편곡되기는 했으나 우아한 솜씨였다. 눅눅한 공기가 가득한 회랑에 걸린 낡은 비단 그림 속 여자들의 얼굴이 슬프게 변한다. 연주자들은 몰락한 시대를 배경으로 서 있었다. 도시 전체는 질 나쁜 휘발유의 그을음과 매연으로 검게 변색한 성벽에 둘러싸여 있었다. 성벽을 따라 물이 말라버린 도랑이 있고 단지 동쪽에 백조가 있는 호수가 보일 뿐이다. 모든 것이 새롭게 바뀌고 있는 중이었다. 폐허에는 새 건물을 지을 석재가 이미 쌓여 있고 무너진 교회 마당에는 건축용 모래가 쌓여 있다. 거의 모든 건물이 재건 중이거나 공사를 기다리는 대기 상태였다. 도시는 과거의 매연으로 찌들었으며 모든 건물의 외벽에서 클리닝 작업이 진행되고 있었다. 성벽은 검게 변한 왕과 기사, 수도사와 성녀, 천사와 악마의 조각들로 가득했다. 이제 곧 이것들도 사라지리라. 신년이 되면, 이 도시는 이름을 바꿀 예정이었다.

    그들은 여행자들을 바라보지 않고 가죽모자의 챙을 푹 눌러쓰고 악기의 현과 건반에만 시선을 고정시킨 채 연주했다. 그

점은 다른 거리 음악가들과 달랐다. 어깨 위에 까마귀가 내려와 앉는다 해도 그들은 놀라지 않았으리라. 11월의 스산한 관광지는 침묵을 지켰다. 곳곳에 아무런 표시판이나 안내문이 없는 폐쇄된 구시대의 관공서 건물이 먼지를 뒤집어쓴 채 그러는 것처럼. 그들의 연주는 관광엽서 속의, 지금은 없는 1930년대의 첨탑 꼭대기 저 너머로 사라졌다. 집시의 표정을 가진 도시, 그리고 도무지 저항할 수 없는 영혼의 포옹인 음악. 풍만한 몸집의 나이든 여행자들은 말없이 그들의 음악에 귀 기울이고 곡이 끝날 때마다 오페라 극장에서와 같은 경건함으로 박수를 치고 동전을 넣었다. 연주 중에는 아무도 감히 자리를 뜨지 못했다. 그들의 음악은 유랑의 음악이었다. 그것은 발칸과 흑해 연안의 도시들을 떠올리게 했다. 죽기 전에는 결코 맨발로 걷지 못할 땅들을. 빠른 손놀림과 끊임없이 이어지는 멜로디의 우수. 마치 번개가 그러는 것처럼 섬광으로 귀와 귀를 그대로 관통하는 듯한 음악, 듣는 사람의 영혼을 송두리째 납치하여 그들 음악의 고향으로 데리고 가버리는 음악, 기쁨으로 포로가 되기를 원하는 음악, 언어보다 더 강한 이야기, 세상의 끝에 있는 낯선 도시에서 온 나그네에게 건네는 말, 영혼을 유랑하게 만드는 음악, 사람들에게 죽는 날까지 이 검은 성벽의 낡은, 그리고 곧 사라지고 잊힐 도시를 기억하게 만들 그런 음악.

그들 음악이 거쳐온 집시의 피와 화려하고 우아한 이름의 이스트 제국들과 그리고 그다음의 전쟁과 사회주의가 사라지고 지금, 온 도시가 송두리째 재건되고 있는 어느 날 검은 성벽 그늘에서 그들은 이 세상의 모든 언어로 안녕을 고한다.

17

이바나를 만나게 되면서 K는 잠들 수 있었다. 어쩌면 그것은 이바나 덕분이라기보다는 일종의 안도감의 영향이었을지도 모른다. 그러나 어쨌든 K는 잠을 얻었다. 잠은 달콤하고 나른하며 그 안에는 꿈이 있었으므로 지루하지도 않았고 생각지 못했던 것을 일깨워주는 면도 있었다. 여행의 초기에는, 운전하지 않을 때면 K는 계속해서 잠을 잤다. 그러나 간혹 공포가 뒤따라왔다. 밤의 노크 소리. K가 집에 있는지 알아보러 온 사람의 그림자. K는 담요를 온몸에 둘둘 만 채 그때의 공포에 대해 이야기했다.

뒤집어서 생각해보면 그것은 수긍할 수 없을 정도의 이야기는 아니야. 나는 그보다 더한 이야기도 알고 있어. 때로 세상을 객관화해서 볼 필요가 있어. 그것은 나름대로 이해할 수 있는 합리적인 이야기야. 어쨌든 그들은 너의 일방적인 통보에 대해 아무런 정보를 갖고 있지 못하니 말이지.

그러나 깊이 생각하지 않고 K는 다시 잠으로 빠져든다. 하지만 나는 상관하지 않고 계속해서 말한다.

K, 외국에 가본 적 있어?

아니, 하고 눈을 감은 채 K가 고개를 흔든다.

외국 어딘가에 가면, 도시가 하나 있는데, 크지 않고 그렇다고 완전히 몰락한 것도 아닌 그런 도시야. 그 지역의 왕이 살던 성이 있고, 여기까지는 평범한 이야기야. 그곳은 흑해를 따라 여행하던 무리들이 거쳐가게 되는 도시였는데, 유난히 우아한 돌들로 성벽과 궁전을 지었겠지. 그러나 사회주의 시절에 용인했던 불량 휘발유의 매연으로 도시 전체가 마치 지난주에 폭격을 맞은 것처럼 검은빛이라는군.

그래서?

K는 꿈으로 막 진입하려는 듯한 목소리로 물었다.

그런데 지금 부유한 석유회사가 그 도시를 사서 조각상들과 성벽의 그을음을 벗겨내는 작업을 하고 있다고 해. 게다가 전쟁 이후로 재정 때문에 손보지 않았던 무너진 관공서 자리의 지하실과 유대인 거주지역도 다시 재건하고 있다고 하는데. 그리고 이제 곧 그 석유회사의 이름을 붙여서 그 도시를 개명할 거라는군.

어떻게 그런 것을 알고 있지?

그야 물론 뉴스지. 달리 어떻게 알 수 있었겠어?

그런데 무엇 때문에 도시의 이름을 바꾸려는 그런 따위의 생각을 하게 되는 거지?

아마도, 과거의 그 도시 이름이 뭔가 나쁜 것을 연상시킨다든가 왕의 이름을 빌려왔다든가 이데올로기 시대의 결과물이라든가 아니면 그 도시의 이름으로 어울리는 더 좋은 무엇인가, 예를 들자면 석유회사 이름 같은, 생각난 것이겠지.

도대체 그 도시의 과거 이름이 뭐였는데?

이바나.

음?

이바나.

18

K는 글을 써야겠다고 생각한 적이 한 번도 없었다. 그는 경영학을 공부했고 여학교에 다닐 때에도 유명한 소설 한 권 읽어보지 않았다. 처음에 그가 글을 쓰게 된 것은 그를 따라다니

던 사진작가 때문이었다. 사진작가는 자신의 사진집에 K가 글을 써주기를 강렬하게 원했기 때문에 K는 그의 요구에 응했다. 그러나 문장을 만들고 다듬고 하는 일은 그에게 상당히 귀찮은 작업에 속했다. K는 글쓰기에 있어서는 이방인이었다. 그가 나에게 자신의 첫 원고를 봐줄 것을 부탁했을 때 나는 그것을 알았다. 매력이 없다고는 할 수 없었으나, 동시에 지나친 감정의 비약이나 격앙이 아마추어임을 숨기지 못하는 부분이 있었다. 계속해서 글쓰기를 할 것이냐고 물었더니 K가 대답하기를, 처음에는 자신이 원하지 않았으나 시작해보니 마음이 달라지더라고 했다. K의 문장은 엉성하고 이상스러웠으나 그의 맞춤법은 훌륭했다. 그리고 그가 마침표를 찍는 것은 사람의 마음을 흔들어놓기에 충분했다. 아쉬움이 가득한 그런 문장의 종말. 나는 K의 글을 교정해주고 그에게 약간의 충고를 주었다. 그러나 K는 더이상 글을 쓰지는 않고 여행 내내 MD 플레이어에 녹음을 해놓았다. 그것은 많은 도움이 되었다. K는 글과는 달리 말로 기록을 남기는 것에 대해서는 낯설어하지 않았다. K는 녹음된 자신의 목소리를 그대로 타이핑했다. 예를 들자면 이런 식이었다.

목요일, 우리는 좀 지쳤다. 이틀 동안 아무 곳에도 가지 않고

강가에서 캠핑을 했다. 밤에는 스웨터를 세 벌이나 껴입고 침낭 속에 들어가 있었지만, 추위 때문에 힘들었다. 새벽에 갑자기 잠에서 깨어나니 군인들이 이동하고 있었다. 텐트 바로 곁으로 탱크가 지나갔다. 어두운 새벽 공기는 마치 미세한 얼음 알갱이가 대기 중에 가득 차 있는 듯했다. 강에는 안개 때문에 아무것도 보이지 않았다. 일단 잠에서 깨어났으므로, 커피를 끓이기로 했다. 커피란 얼마나 좋은 것인가. 우리는 샘을 발견할 때마다 식수를 보충해 넣었다. 오늘도 우리는 하루 종일 책을 읽거나 〈Going to California〉를 들으면서 시간을 보낼 것이다. 그리고 아마도 내일이나 언제쯤 다른 곳으로 가고 싶은 생각이 들면 그때 떠날 것이다. 이곳의 새들은 호르륵 하는 소리를 내며 운다. 귀를 기울이고 있으면 잘박잘박하는 소리를 내며 들오리가 수면을 헤엄치는 소리도 들려온다. 이곳의 들오리들은 동물원이나 관광지의 동물들과 달라서 빵조각을 주어도 가까이 오지 않는다. 회사를 떠난 지 몇 달이나 되었지만 지금도 가끔 그때의 꿈을 꾼다. 꿈의 내용은 언제나 거의 비슷하다. 꿈속에서, 나는 꿈에서 깨어난다. 그러면 그곳은 나의 방이다. 시계는 아침 여덟시를 가리킨다. 나는 아찔해진다. 일곱시에 맞추어놓은 자명종 소리를 왜 듣지 못했을까. 나는 그다지 깊이 잠들지 못하기 때문에 자명종 소리를 놓칠 일이란 거의 없다. 나는 샤워도 하지 못한 채 옷을 입고 머리를 빗고 간단하게 얼굴을 씻고 거리로 달려나간다. 나는 달린다. 달리고 또 달린다. 지하철역이 두 블록이나 떨어져 있기 때문에 달리지 않으면 더욱 늦어지니 말이다. 거리는 차량의 물결이다. 그러므로 택시를 잡으려 하는 것은 더욱 어리석은 일일 터이다. 나는 구르듯이 지하철역의 계단을 달려 내려간다. 내 몸은 땀으로 흠뻑 젖고 숨소리는 산악기관차처럼 터질 듯이 쿵쾅거린다. 일하지 않으면 살 수 없다. 회사는 나를 일하게 해주는 곳이다. 이런 식으로 매일처럼 지각을 한다면 그들은 나를 좋아하지 않을 것이다. 그러나 이런 냉정한 계산을 떠나서, 회사에 관련된 나 자신의 모든 것이 제대로 돌아가지 않으면 우선 스스로가 불안해서 견딜 수가 없다. 내가 회사를 좋아하지 않는다면, 내 인생은 불행할 것이다. 왜냐하면 나는 오십오 세까지 어차피 회사를 다녀야 하기 때문이다. 다른 선택의 여지는 없다. 그것은 나에게 주어진 몫의 최선이다. 나는 회사를 떠나서는 아무것도 할 수 없다. 회사를 떠나서는 나는 기생충이나 낙오자 이상의 아무것도 아닌 것이다. 그러므로 떠나고 싶다는 생각 자체가 나에게는 실패할 혁명의 꿈에 지나지 않는다. 혁명이 낭만적이라는 것은 이미 지난 세기의 헛된 소문이다. 그것은 증명되지 않았던가. 지금은 일하지 않고 살아가는 삶에 대해 죄의식과 수치를 느낀다. 누군가 다른 사람이 일해서 벌어 놓은 것을, 일하지 않으면서 구걸, 폭력, 자선, 구호사업, 정부의 복지정책 등으로 나누어 갖는다고 하면, 내가 일하지 않는 만큼 다른 사람들이 더 일해야 한다는 결론이 나온다. 그것은 죄악이다. 그런 상황에 떨어지지 않기 위해 나는 일하고 또 일했다. 나는 일한 만큼만 돈을 받는다. 더도 아니고 덜도 아니다. 적게 일하고 많은 보수를 받는 직장이 있다는 것을 안다. 그런 일들은 아마도 큰 책임이 따르거나 중요한 정책을 결정해야 하는 일일 것이다. 나는 그런 일을 할 만큼 중요한 사람이 아니다. 그러므로 나는 지금 백원만큼 일하고 백원을 받는 직장에 만족한다. 내가 만족하는 것만큼 나도 직장에 최선을 다해야 하는데 그러기 위해서는 일단 제시간에 출근해야 한다. 내가 출근 시간을 맞추지 못한다면, 나는 이 일을 할 능력이 없다는 것인데, 그렇다면 다른 무엇보다도 나 스스로가 괴로워서 견딜 수 없다. 죄의식과 수치 때문이다. 나는 얼굴이 화덕처럼 뜨거워진 채 플랫폼의 전차를 향해 달려간다. 그때, 나는 집에서 서류를 잊고 가지고 나오지 않은 것을 알게 된다. 어젯밤 집에서 일하려고 가지고 왔던 서류이다. 나는 순간 죽는 것이 차라리 나은, 그런 절망감에 빠진다. 다리의 힘이 순식간에 달아난다. 심장이 그대로 조여들어 숨을 쉬기가 힘들어진다. 너무나 견디기 힘든 좌절감 때문에 나는, 아마도, 죽을 것이다. 꿈속에서 나는 생각한다. 그러나 이번에는 정말로 꿈에서 다시 깨어난다.

 아직도 나는 내가 회사를 그만두었으며, 더이상 회사를 다니지 않아도 되고 노동하지 않는 것에 대해, 더이상 죄의식과 수치심을 갖지 않는 것에 익숙해지지 못했다. 믿을 수가 없다. 어떻게 그런 일이 일어날 수 있는가 말이다.
 그러나 나에게 돈이 충분히 있는가? 물론 아니다.
 사람들은 대개 이 문제에 대해 많이 생각한다.
 그들은 주춤거린다.

 갑자기 병이 들거나 사고를 당했는데 돈이 없다면? 치료를 받을 수도 없고 누군가 돌봐줘야 하는 상황이 된다면? 그러면 아주 많은 돈이 필요할 것이다. 나는 저축도 거의 없고, 그나마 있던 약간의 저축은 모두 여행하느라 써버렸다. 나는 보험도 들지 않았고 이제 연금 수혜자도 될 수 없다. 나는 무엇인가? 은행 계좌와 주소와 전화번호와 의료보험번호가 없는 나는 도대체 무엇인가? 적어도 내가 이제 더이상 대도시의 종족이 아니라는 것은 분명하다.

나는 매우 혼란스럽다. 몇 달 전만 해도 나는 지금의 나를 감히 상상할 수 없었다. 점치는 여자에게서 이런 말을 들었다면, 거짓이라고 생각했을 것이다. 그러나 나는 이렇게 계속하기를 원한다. 그렇게 원하는 나 자신이 낯설어 미칠 것만 같다. 때로 강렬한 유혹도 느낀다. 나는 회사로 돌아가고, 계속해서 불면으로 고통받아도 좋다. 계속해서 일해도 원망하지 않겠다. 그 대신 불안이 없이 친숙하고, 매일이 노인의 하루처럼 같고, 내일 무슨 일이 일어날지 분명히 알 수 있고, 서른 명의 사무원들이 한 방향을 향해 앉아 있는 방에서 커피를 마시고 일하고 또 일하고 주말에는 소파에 누워 텔레비전이나 영화를 보는 세계로 돌아가고 싶다는 유혹이다. 그곳에는 아무것도 없다. 오직 일하기만 하면 된다. 병이 나거나 사고를 당할 걱정을 할 필요가 없고 불필요한 걱정에 사로잡힐 위험도 없다. 죽음은 조용히 찾아올 것이고 그것에 대해 미리 걱정할 필요가 없는, 그런 세계이다. 남들이 기계라고 부르면 어떤가. 살아가면 되지 않는가. 나는 일생 동안 한 번도 나를 명분 없는 걱정 속에 풀어놓은 적이 없었다. 컨트롤당하는 것에 익숙하다. 자유로운 나는 학교를 빼먹은 아이처럼 초조하고 불안하다. 나침반도 없이 바다로 쫓겨났다. 익숙해지기 위해서는 많은 에너지와 스트레스가 필요하다. 반복해서 말하지만, 나는 혼란스럽다. 그러나 나는 계속해서 나아갈 것이고 나 자신이 너무 잘 알고 있는 것처럼 다시는 돌아가지 않을 생각이다. 나는 그런 식으로 강해지고 싶다.

   K는 회사에 대한 생각에서 놓여나는 데 오랜 시간이 걸렸다. 그러나 K는 이런 모든 것을 말없이 잘 견뎌냈다. K가 타이핑한 것을 읽기 전에는 나도 그 괴로움을 알지 못했다.

19

   이바나의 하늘 위로 구름이 빠르게 몰려오기 시작했다. 여행자들은 불안하게 하늘을 올려다보았다. 바람이 불고 있는 것이다. 구름은 잉크처럼 어두운 청색이었다. 구시가지와 신시가지의 경계가 되고 있는 강 저편까지 구름은 몰려와 있었다. 구름은 다리를 감춘 거대한 검은 거미처럼 빠르게 움직였다. 새들이 순식간에 사라졌다. 하늘이 검게 꿈틀거렸다. 공포로 일그러진 얼굴을 보이지 않으려고 여행자들은 손으로 얼굴을 가린 채 뛰기 시작했다.

20

이것은 너무 몽환적인 텍스트입니다. 그렇게 생각하지 않나요? 이 글을 읽는 사람들은 당신들이 실제로는 아무 곳에도 가지 않고 오직 도서관에만 틀어박힌 채 자료와 상상만으로 이런 글을 썼다고 생각할 겁니다. 중요한 문제인데, 그렇게 보여진다는 것은 치명적입니다. 그러면 그들은 사기라고 말하겠죠. 이것은 단지 독백에 지나지 않아요. 아무도 읽지 않을 거라고 생각하면서 쓴 독백 말이죠. 나는, 말하자면, 약간의 보충이나 수정이 필요하다고 생각합니다. 아니 꼭 그래야 합니다. 예를 들자면 불면에 관한 내용이 이렇게까지 많은 부분을 차지할 필요가 없어요. 그리고 꿈 내용도 마찬가지고요. 자동차 여행기를 사는 사람들이 이런 걸 읽고 싶어하진 않을 테니까요. 차라리 거리의 풍경이나 길을 묘사하는 것이 더 나을 겁니다. 그리고 빠질 수 없는 것은, 길에서 만난 사람들에 관한 이야기죠. 그들의 인생이나 인상에 관해서 짤막하게, 길게는 필요없습니다, 지나가는 투로 묘사하는 겁니다. 하지만 당신들의 책에는 사람들에 관한 부분이 하나도 나오지 않는군요. 여행은 관념이 아닙니다. 여행은 현대인에게 부족한 정서적 커뮤니케이션을 보충하는 것이죠. 아니 뭐라구요? 그렇게 길게 여행하면서 사람들과 대화를 나누어본 적이 없다니요? 어떻게 그럴 수 있죠? 이 나라는 크지도 않고 천지 사방에 사람들뿐인데. 사람을 빼면 뭐가 있다는 건지 모르겠군요. 뭔가 매혹적인 부분이 반드시 필요합니다. 적어도 로맨스라든가 여자라든가 남자에 관한 이야기 정도는 조금이라도 있어야죠. 통속적이라고 생각합니까?

지금 나에게 좋은 생각이 떠올랐어요. 당신들의 글에는 이바나에 관한 이야기가 많이 등장하는데 이바나를 아예 여자로 분장시키면 어떨까요? 신비스럽고 아름다운 여자 말입니다. 거짓말을 한다고 생각할 필요까지는 없어요. 자동차라고 굳이 말하지만 않는다면, 누가 알겠습니까?

21

여행을 떠나기 전에는 많은 사람을 알고 지냈다. 아니, 이 말은 정확하지 않다. 비록 여행을 좋아하지는 않았지만 살아오면서 단 한 번의 여행만을 가진 것은 아니기 때문이다. 떠올릴 수 있는 최초의 여행은 비행기를 타고 간 것이다. 그때의 공항은 너른 풀밭으로 기억된다. 공항 주변에는 집들도 없었고, 시내로 들어오는 시간이 아득하게만 느껴졌다. 비행기에서 계속 먹었던 사탕의 단맛 때문에 나는 목이 말랐다. 아무도 물을 주지 않았다.

Y와 기차를 타고 항구로 갔던 것도 기억난다. 세찬 바람. 모래가 씹히는 바닷가의 식사. 나무도시락에 담긴 온기가 남아 있는 따뜻한 밥 위에는 검은깨가 뿌려져 있었다. Y는 머리를 덮는 노란 스카프로 바람을 막고 있었으나 배 위에서 스카프가 날아가버렸다. 스카프는 파도 위를 멀리멀리 날아가다가 바다에 침몰했다. 그러나 지금 말하는 것은 다른 여행들이 아니다.

여행을 떠나기 전에는 꽤 많은 사람들을 알고 지냈다. 친구도 있었고 적도 있었고 단순히 얼굴만 아는 사람도 있었고 이름도 잘 기억하지 못하는 사람도 많았다. K도 그중의 한 명이었다. 그중의 한 명이었다는 점을 제외하면 더이상은 특별히 아는 것이 없었다. 나중에 알게 된 일이지만 K가 그날 모임에 나왔던 것은 그의 친구 중의 한 명이 초대했기 때문이며, 그 친구는 K에게 사진작가의 아마추어 모델이 되어달라고 부탁하려던 참이었다. 결국 K는 그 제의를 거절했지만, 나중에 그 사진작가의 사진집에 원고를 써주게 된다. 그 일로 해서 그와 나는 다시 만나게 된다. 처음 만난 그 자리에서 K와 나는 다른 사람들처럼 짧은 인사를 나누었다. 나는 다른 사람들과 불면에 대해 이야기하고 있었고, K는 신경질적이고 지루한 표정을 지었다. 그것이 전부였다. 그의 불면이 문제가 되기 전까지는 분명히 그랬다. K는 아름답고 키가 컸으며 둥글고 우아한 광대뼈를 가졌으나 입술은 열 때문에 늘상 들뜨고 메말라 있었다. 사람들은 K를, 그의 단정하고 훌륭한 모양의 골격이나 가냘프다고는 할 수 없으며 튼튼하면서도 사슴처럼 길고 우아한 목덜미의 곡선으로 기억했으나, 내가 아는 K는 목소리가 독특했다. 나는 K의 전화를 받았을 때 그 얼굴은 명확히 기억나지 않았으나 목소리는 분명히 알 수 있었던 것이다. 외모처럼 아름답다고 할 수는 없는 목소리였으나 잊기 어려운 목소리였다. 그 목소리가 나는 타고난 노동자예요, 라고 말할 때 금속성의 광채가 느껴졌다. 그 목소리가 속삭일 때는 공포와 피곤이 느껴졌다. 그것은 환멸을 견디는 목소리였다. 자기라는 존재 자체, 자신의 성별과 이름과 목소리에 대해 느끼는 환멸 말이다.

  나는 알고 지내던 많은 사람들에게 호감과 동시에 적의와 경멸과 성가심을 느꼈다. 도시에서 그것은 그다지 새로운 일이 아니다. 그 사람들 역시 나에 대해 그렇게 느꼈을 것이다. 그래도 그들은 서로 만나면 악수를 하고 반갑게 미소를 짓고 뜨거운 차나 맥주를 함께 마시기 위해 기꺼이 시간을 내고 서로의 근황에 대해 이야기를 나누고 자신이 하고 있는 일에 대해 설명하고 다른 사람들의 일에 대해 칭찬하거나 비판했다. 자주 그들은 약속을 정하고 모임을 가졌으며 고급 음식을 파는 레스토랑으로 몰려가곤 했다. 그들은 대다수가 가난을 경멸하는 탐미주의자들이었다. 그들은 서로에 대해 공허한 찬사를 던지고 좀 더 세속적으로 유명해지기 위해 최대한 덜 세속적으로 보이는 포즈를 취하곤 했다. 그들은 자신의 지성에 대해 세속적으로 보답해주지 않는 사회를 증오하느라 언제나 바빴고 겉으로는 지성만으로도 배부르다는 표정을 하고 있었지만 실상은 정당이나 대학이나 전직 국회의원이나 고급 관료를 어쩌다 알게 되면 그 인연을 만족스럽게 생각하고 특별히 유지하고 싶어하며 남몰래 자랑스럽게 생각했다. 지금 생각해보면 내가 머물렀던 곳은 시궁창이었다. 에고이즘이라는 고급 외투를 입고 독설이라는 값비싼 향수를 뿌리고 자신의 이름을 알리기 위해 방충제 세일즈맨보다 더 요란하게 떠들어대는 한 무리의 신사와 숙녀 들, 그들의 지적인 대화와 아방가르드인 체하는 연출과 감미로운 칭찬의 말과 싸늘한 경멸의 표정이 뒤범벅된 시궁창 말이다. 냉소는 욕망의 다른 이름이고 지성은 상대를 보다 효과적으로 물어뜯기 위한 도구였다. 그곳에서 침묵이란, 자신의 목에 스스로 칼을 찔러넣는 일 이상의 아무것도 아니다. 물론 모두들 이것을 잘 알고 있다. 그러나 그런 시궁창에 적응하지 못한다는 것은 도시에서는 또다른 열등이다. 파티에서 쫓겨나는 이방인이다. 불면은 차라리 아무것도 아니다. 그것은 은밀하며 숨길 수 있다.

   그러므로 자신이 태어나고 자란 그 도시에서 계속해서 살아야 한다는 것은 고통이다. 모든 사람의 충족되지 않는 오만과 완벽하게 기억하지 못하는 거짓말과 상처받은 자존심과 터질 듯이 부풀어오르는 욕구들이 일생 동안 쌓여가는 곳이기 때문이다. 그것들은 더께를 이루며 발목을 잡고 에고의 화장을 덧칠하며 점차 자기애라는 고치에서 꼼짝 못하게 만들어버린다. 태어나고 자란 하나의 도시를, 나는 그렇게 묘사한다.

   언어란 매혹적이기는 하나―자신을 덧칠할 수 있다는 점에서―매우 불완전한 정보전달수단이다. 일차적 언어로서 이바나를 말하면 누구나 그것이 무엇인가의 이름임을 알게 된다. 그러나 이차적 의미로서의 이바나를 아는 사람은 없다. 그것에 대한 정보를 전달하는 데는 언어는 불완전하고 제한적이며 심지어 빈약하다. 일단 언급된 언어는 빠르게 형상화되어버려 조금도 변화할 수 없다. 그리고 우리가 이바나에 대해 말하고 글을 쓸 때 그것은 각각 다른 언어의 형체로 묘사된다. 그것을 읽는 사람은 또한 자신의 코드로 이바나를 받아들일 것이다. 그 자신이라는 것은 결국 그의 에고이즘이다. 그때 이미 그 이바나는 우리의 이바나가 아니다. 결국 언어로 전달되는 이바나는 방언에 지나지 않는다. 그것은 거짓말과 오해이며 과장이고 소문이다. 다른 모든 것도 마찬가지다. 그렇게 우리의 모든 인생은 언어로 이루어져 있고, 언어를 필요로 한다. 언어가 없이는 삶의 아무것도 증명할 수 없다. 우리의 이바나와 책으로 전달되는 이바나의 오차가 우주의 끝과 끝만큼 아득할지라도 결코 포기할 수 없다. 침묵을 받아들이는 것은 무서울 정도의 용기이기 때문이다. 당연한 일이지만, 진실로 침묵할 수 있었던 사람을 우리는 결코 알지 못한다. 침묵이란 결국 망각됨이므로.

22

불면은 차라리 아무것도 아니었다. 그것은 은밀하여 숨길 수 있다. 사랑과 달리 그것은 공유하지 않는 비밀이다. 계속되는 불면은 죽음에의 유혹을 느끼게 한다. 죽음은 적어도 잠을 의미하기 때문이다. 불면은 홀로 겪어낸다는 점에서 음악과 닮았다. 눈이 충혈된다는 점에서 소리 없는 울음, 눈물과 같다. 그리고 피곤. 장기적인 불면이 주는 무기력한 좌절을 무엇으로 설명할 수 있을까. 동시에 불면은 고독하다. 그것은 필연적으로 홀로 투쟁하는 긴 시간을 강요한다. 기다린다는 것은 시간과의 투쟁이다. 결코 오지 않을 것을 기다림은 살아 있음에 대한 대가로 치러야 하는 벌인 셈이다. Y는 십삼 년 동안 한 번도 소식을 전하지 않았다.

수면상태를 그리워함. 잠. 투명한, 푸르스름한 어둠이 깔린 길, 물 위에 비치는 달의 그림자, 길게 드리워진 포식동물의 꼬리, 무쇠처럼 단단하고 우아하게 구부러진 날카로운 발톱과 부드러운 핑크빛 동그란 발바닥, 세 줄 현악기를 퉁기는 소리, 물속에 잠긴 오래된 도시처럼 고요한 장면. 그런 잠을 꿈꾸면서 날 선 신경으로 밤을 보낸다. 불면에 빠진 사람에게 잠은 지상 최고의 예술이 된다. 우리가 가지고 있던 공통점은 불면이었다. 그러나 차라리 불면은 아무것도 아니었다. K와 달리, 나는 죽는 날까지 불면과 동반할 준비가 되어 있었다. 나는 피곤과 고독을 형제처럼 친근하게 느낄 수 있었다. 내가 두려워하고 있던 것은 치료의 대가로 무엇인가 지불되어야 할 것이라는 예감이었다.

여행을 일시적으로 멈추고 도시로 돌아온 다음 우리는 전화도 팩스도 우편함도 갖지 않았다. 우리가 아는 모든 사람들은 우리가 돌아온 것을 몰랐다. 우리는 도서관으로 가는 것 말고는 어떠한 외출도 하지 않았다. 텔레비전이나 라디오를 보고 듣지 않았고 신문도 읽지 않았다. 밤이 오면 우리는 손을 맞잡고 누워 그토록 긴 길을 떠나 간신히 얻은 잠을 경건하게 기다렸다. 아침에 잠에서 깨어나면 채 눈을 뜨기도 전에 서로에게 꿈에 대해 이야기했다. K는 여전히 MD 플레이어를 베개 아래 놓아둔 채 이야기했다. 책과 가구는 모두 팔리거나 청소업자가 실어가버려 집 안은 여기저기 포장하다 만 박스와 덩어리진 갈색 먼지와 매트리스뿐이었다. 피아노와 그림이 팔려나갈 때, 나는 차라리 불면을 계속해서 받아들이는 것이 옳지 않았을까 생각했다. 피아노는 처녀 시절 Y가 치던 것이었고 그림은 Y가 그린 것이었다. 내가 아는 한, 외국에서 돌아온 다음, Y는 한 번도 피아노에 손대지 않았다. 피아노는 처음에는 나의 부모가, 그리고 다음에는 내가 보관하고 있었다. 나는 피아노를 칠 줄 모른다. 그 건반에 손을 얹어본 적도 없다. Y는 자신의 거의 대부분을 이곳에 남겨두었기 때문에 나는 Y가 떠난 후에도 감히 이곳을, Y가 나에게 유물처럼 남겨준 불면을 떠나려는 용기를 가지지 못했다. 그런 식의 결별은 존재감과 연결된다. 즉 나는 고통을 통해서만 존재한다. 다른 것은 오직 공허할 뿐이다. 지나간 사랑이나 슬픔의 기억은 마치 지어낸 이야기였던 것처럼 이제 희미하다. 그러나 고통의 기억은 잊히지 않는다.

23

 K는 자신이 가지고 있는 타고난 노동자로서의 의식을 부끄러워하지는 않았다. 그러나 동시에 불명확하고 밝혀지지 않은 어떤 계기로 인하여 K가 습득하게 된 발작적 도피, 나는 그것을 이렇게 부른다, 의 성향 또한 분명 K의 일부였다. 서로 충돌하고 있는 두 가지 상반된 의식은 K에게 스트레스로 작용했다. K는 머리를 옥죄어오는 불면을 일으키는 시스템 사회를 영원히 떠나야 한다는 생존본능에 가까운 욕구와, 떠나려는 자신을 감시하는 용역회사 직원이 있다는 공포에서 벗어나지 못했다. 그것은 K의 머릿속에서 항상 혼란을 일으키며 K의 의지에 반해 그를 우울하게 했다.

 K를 대신하여 나는 K의 집으로 갔다. K는 집으로 들어가기를 두려워했으므로 어쩔 수 없었다. K는 자신의 물건에 아무런 미련을 갖지 않았다. 정성껏 고른 것이 분명한 골동품 거울이나 거의 새것인 이불이나 책들마저도. 그의 집은 벽이 얇고 추웠으므로 K는 사방의 벽에 양탄자를 걸어놓았다. 말과 항아리와 코끼리를 새겨넣은 고대 문양, 인도풍의 페이즐리, 그리고 알폰스 무하의 포스터 도안을 모방한 무늬의 양탄자―나는 처음에는 그것을 몰랐으나 나중에 K에게서 들었다. 그는 그것을

항구도시에서 배를 타고 온 인도 상인에게서 직접 샀다고 했다—이다. 침실에는 작은 테이블이 세 개나 놓여 있었다. 책과 도자기 인형, 말린 꽃잎과 젤리과자가 든 유리병, 엽서와 앨범 등이 테이블 위에 놓여 있었다. 여러 켤레의 슬리퍼가 침대 발치에 놓여 있고 커피 상자 속에는 끈이 떨어져버린 목걸이의 진주알들이 소복이 담겨 있었다. 큐빅이 떨어져나간 브로치나 빈 향수병, 모양은 아름답지만 수공예품이라 도저히 다시 구할 수 없는 그런 단추들, 촛대와 자개 장식의 상자들, 채색된 크리스털들, 사방에 놓여 있는 손거울들. K는 많은 거울들을 가지고 있었다. 그리고 인조 밍크를 깔아놓은 의자들. K의 집 안은 물속처럼 고요했다. 그것은 K의 삶이 고의로 조성해놓은 인공적인 진공상태였다. 그리고 오랫동안 밀폐된 공간 특유의 시큼하고 눅눅하고 코가 시린 곰팡이와 먼지 냄새가 났다. 어떤 점에서 K의 방은 박물관처럼 보였다. 물건들이 자리를 잡고 놓여 있고 사람은 물건들을 피해서 조심스럽게 걸어다녀야 하는 그런 곳 말이다. 나는 이전에 K의 집을 방문한 적이 없었다. 이전에 K와 나는 그저 아는 사이에 불과했기 때문이다. K의 방은, 이전에 나뿐 아니라 어느 누구도 방문객을 받은 적이 없는 듯한 표정이었다. K의 집은 창문의 틈새마다 테이프로 봉해지고 덧창이 붙어 있었다. 한 줌의 공기도 새어들어오지 못하게 폐쇄시켜놓고자 했던 것이다. 누구도 침입한 흔적은 없었다. 그러나 K는 자신이 없는 동안 반드시 용역회사 사람이 다녀갔으며 그들이 집 안으로 들어와 확대경으로 거실과 욕실과 매끄러운 가구 표면에 K의 지문이 남아 있나 살펴보았을 거라고 믿고 있다. 그들은 K가 벽장이나 침대 아래에 숨어 있지 않나 살펴보았을 것이다. 그들은 K가 병자를 치료하기 위해 집을 떠났다는 사소한 증거라도 있나 살펴보려고 애쓸 것이다. 그러나, 여기에서 K의 의식은 멈칫거린다. K는 이미 직장에 사직서를 냈으며 사무실은 K를 감시할 이유가 없는 것이다. 직장을 그만두는 것은 자유로운 권리이므로 K는 아무 거리낌이 없을 수 있다. K는 이제 오십오 세까지 사무실에 출근해야 하는 노동자가 아니다. 그러나 그것은 과연 가능한 일인가? 그리고 정당한 일인가? K는 죄의식과 의심과 불안을 느끼므로 심하게 우울해했다. 냉장고를 여니, 부패하는 음식물의 냄새가 풍겼다. 썩어 모양이 뭉개진 토마토가 있었다. 빵은 곰팡이투성이였고, 과일주스는 병 속에서 굳어버린 채 회색빛 곰팡이 덩어리가 되어 있었다. 나는 냉장고 속의 모든 음식물들을 쓰레기통에 버리고 창문을 열어 환기를 시킨 다음 사람을 불러 그의 물건들을 대신 정리하고 가구와 양탄자와 유리그릇 들을 중고상점에 팔았다.

K는 점점 잠으로 도피하기 시작했다. 때로 K는 수면제를 대신해 기침약을 입안 가득 털어넣고 잠들기 직전의 혼미한 상태에서 MD 플레이어의 마이크를 브래지어에 꽂은 채 욕실에 서 있곤 했다. 그때 K가 말하는 소리를 나는 듣지 못했다. 기침약 탓인지 K의 피부는 건강하지 못했다. 붉은 반점이나 가려움을 동반하는 두드러기가 피부의 연한 부분에 피었다. 기침약을 너무 많이 먹거나 표백제가 완전히 씻겨나가지 않은 속옷을 입거나 땀을 흘리고 난 다음에는 더욱 심해졌다. K는 또한 자신의 성적인 정체성을 부정했다. K는 그녀, 라고 불리는 것을 철저하게 거부했다. 그리하여 나는 글 내내 K를 그, 라고 부른다. 그것이 K에게 가지고 있던 내 호의를 표시할 수 있는 유일한 방법이다.

24

나는 마흔일곱 살이야.
십삼 년 전 어느 날, Y가 말했다. 나는 그래서? 하고 물었으나 Y는 대답하지 않았다. 그것이 Y가 마지막으로 나에게 남긴 말이었다. 그때 Y가 내 영혼에 남겨놓기로 허용한 것은, 그 한

마디 말과 그리고 불면이었다. 십삼 년 전, 나는 Y를 이해하기에는 지나치게 젊었고, 시간이 곧 상실이 되는 그런 세월에 관해서는 아는 것이 없었다.

그러나 K는 완강한 저항으로 이 모든 것을 부정한다. K의 과거에는 아무것도 없다. 그리고 그의 미래에도 역시 아무것도 없을 것이다. 불면은 순식간에 K의 인생 전체를 삼켜버렸으나 마치 예정되어 있는 것처럼 K의 삶은 거기에 미리 잠식당하고 있었던 것이다. K는 충실하게 그것에 복종해왔다.

25

나는 이제 도서관으로 가지 않겠어. 너도 그랬으면 좋겠어.
K는 우박이 내리는 창가에 서서 말했다. 편집자가 다녀간 다음이었다.
나는 이 글을 완성해야만 해.
필요없는 일이야. 이 글을 완성하고 나면 다음 글이 기다리고 있고 그런 식으로 지금까지처럼 모든 것이 반복될 뿐이야. 나는 믿지 않아.

K는 고개를 저었다.

그러나 지금 당장은, 다른 방법이 없어.

나는 하지 않겠어. 나는 내가 이야기하고자 하는 방법에서 벗어난 다른 식으로는 아무것도 하지 않겠어.

내가 할 테니 너는 가만히 있으면 돼. K, 걱정하지 말아. 내가 다 할 테니 너는 기다리고 있으면 돼.

무엇을?

K의 낯빛이 푸르스름하게 녹슬었다.

내가 다시 잠들지 못하고 있는 것을 너도 알지 않니?

나는 고개를 돌렸다.

무엇을 기다리는 거지? 불면을? 다시 그 지옥을?

오래 걸리지 않아. 나는 지금 미친 듯이 일하고 있잖아.

오, 그렇군.

K는 고개를 크게 끄덕였다.

그리고 다음 일거리도 아마 하고 싶어할 거야. 너는 불면을 두려워하지 않으니 말이야. 그러나 너는 내가 결코 그것을 이겨내지 못하리라는 것도 잘 알고 있지. 나는 이제 알았어. 돈을 번다고 해도 결국 우리는 아무 곳에도 갈 수 없어. 왜냐하면 시간은 이윤을 돌려주지 않으니까. 미친 듯이 일하고 나서도 손에 남는 것은 아무것도 없을걸. 우리는 모두 그것을 잘 알고 있을 만큼 오래 살았지만 너는 인정하려 하지 않아. 너는 변했어. 이곳에서 너의 태도는 모두 그냥 포즈에 불과해.

그래서, K 네가 원하는 것이 뭐지?

나는 떠나기를 원해, 지금 당장.

나는, 아니 우리는 약속을 지켜야 해.

우리는 저녁마다, 이런 식으로 대화를 나누었다.

26

일천구백구십육년 십일월 어느 토요일 밤, B가 집에 도착한 것은 자정이 조금 넘은 시간이었다. 그는 현관에 들어서면서 키득거리는 침실의 웃음소리를 들었다. 현관에는 낯선 남자의 구두가, 거실 소파에는 낯선 남자의 코트와 모자가 놓여 있었다. 그는 낯선 남자의 구두 곁에 자신의 구두를 벗어놓고 소파의 나머지 부분에 자신의 코트를 걸쳐놓았다. 집 안은 묘하게 달콤한 향기로 가득 차 있었다. 키득거리는 웃음소리는 분명히 침실에서 새어나오고 있었다. B가 침실 문을 열었을 때 산나는 낯선 남자와 함께 침대에 누워 있었다. 그들은 흰 팔뚝으로 서로를 껴안고 있었다. 그들의 다리는 서로의 다리에 얽히고 그들의 배는 서로의 배에 겹쳐진 채였다. B가 문을 열자 그들은 웃음을 멈추고 그를 빤히 쳐다보았다. B는 잠시 침실 입구에 선 채 그들을 보고 있었는데, 그는 어두운 곳에서 시력이 썩 좋지 않았으므로 침대에 누워서 자신을 빤히 쳐다보는 그 여자가 산나가 맞는지 확인하기 위해 잠시 시간이 필요했던 것이다. 그러나 그녀가 산나임을 확인하는 데 그다지 오랜 시간이 걸린 것은 아니었다. 산나는 B의 시선을 조금도 피하지 않았다. 아아, 지긋지긋한 당신 왜 빨리 문을 닫고 가버리지 않는 거지? 하고 산나의 눈길은 말하고 있었다. 마침내 B는 한마디 말도 없이 조용히 침실 문을 닫았다. 그는 집을 떠나기 전 잠시 소파 위 낯선 남자의 코트와 모자 곁에 앉아 두 손으로 머리를 감싸고 있었다.

그리고 소파 위에서 자신의 코트를 집어들고 그것을 다시 입었다. 그리고 그가 코트를 집어들 때 소파 아래로 떨어진 낯선 남자의 모자를 집어 그 남자의 코트 곁에 다시 놓았다. B는 모자를 쓰지 않았다. B가 산나와 침대에 누웠을 때 그들은 한 번도 키득거리는 웃음소리를 낸 적이 없었다. 그리고 B는 그 남자의 구두 곁에 있는 자신의 구두를 신고 다시 문을 열고, 그리고 밖으로 나갔다.

27

 여전히 B는 학교에서 아이들에게 수학을 가르쳤다. 낯설고 작은 난쟁이들, 그런 중학생들을. 그가 가르치는 학교에는 밴드가 없었다. 일천구백칠십구년 이후로 그에게 밴드란 장례식의 행렬을 의미했다. 이제 산나가 죽었다. 그는 그런 식으로 이해하려고 노력했다. 장례식의 북소리가 들린다. 산나가 차가운 흙 속에 묻혔으며 그는 다시는 산나를 볼 수 없으므로 그녀를 잊을 수밖에 없다. 망각된다는 것은 산나가 감당해야 하는 산나의 운명인 것이다. 이렇게 생각하면서도 역시 B는 울었다. 울지 않을 수 없었다. 모든 것이 무너지고 폐허가 되었으며, 어디에서도 위로받을 수 없는 그런 시기가 그에게 닥쳤다. 그는 저녁 내내 지하철을 타고 목적지 없이 떠돌았다. 그리고 그는 마지막 지하철 안에서 두 손으로 얼굴을 가리고 눈물을 흘리며 소리 없이 울었다. 지하철이 끊어진 후 그는 느린 걸음으로 다시 산책을 시작했다. 결혼한 이후로는 처음 있는 일이었다. 그러나 눈물이나 산책이 그를 위로하지는 못했다. 그러나 그 시기, 짧고 불안한 밤에 그가 무엇을 할 수 있었겠는가.
 그는 계속해서 중학생들을 가르쳤다.

28

산나.

그 이름이 B를 떨게 만들었다. 그들이 함께 있을 때 그것은 차라리 고요한 이름이었다. 그러나 이제 파국이 눈앞에 있으니 그것은 맹수의 아가리처럼 B를 향해 덤벼들고 울부짖었다. 산나는 종적을 감추었고 아무것도 가지고 가지 않았으나 B에게 남은 것 또한 아무것도 없게 되었다. 아아 지겨워 죽겠어. 산나의 눈빛은 그때 분명 그렇게 말하고 있었다. 그리고 B는 이른 나이에 백발이 되었다. 허덕이는 밤의 불면과 심장이 터지고 혀가 갈라질 때까지 피워댄 담배가 그를 늙게 만들었다. 더이상 상승하지 못하는 감정의 극단점은 이제 추락할 길을 찾는다. 절정에 이른 다음에는 겸손하게 하강하기를 원한다. 아니 자신을 쥐어뜯으며 물러난다. 자신의 짠 눈물을 마신다. B는 산나가 어디에 있는지 알 수 없었다. 시간이 흐른 다음 B는 어느 정도 냉정을 되찾고 산나가 왜 그에게 그토록 잔인하게 굴었는지 이유를 생각해보려고 했다. 그러나 이미 그때에는 B에게 이유 따위는 아무래도 상관없는 문제가 되어 있었다. B에게는 부양해야 할 새로운 가족이 생겼고 과거의 일에 연연하는 것이 어리석다는 것을 그는 잘 알고 있었다.

이바나

　간통은 결국 산나가 그를 매혹시킨 최후의 궁극적인 방법이었다. 산나는 결혼이라는 이름으로 B와 맺어졌으며 그것은 매혹이기 이전에 사회적 존재의 양태이고 나타나거나 발생하는 꿈이 아닌 관청의 약속이고 성실의 맹세에 가까웠다. 그것은 B가 산나를 원한 방법이었으나, 산나는 B를 완전히 이해하지 못했거나 혹은 B가 산나를 전혀 이해하지 못한 것일지도 몰랐다. 어느 편이든 그것은 오류였으나 산나는 그런 식의 오류를 통해 B의 심장을 움켜쥐었다. 그러나 그 매혹의 대가로 산나는 자신을 잃었다. B는 더이상 산나를 욕망하지 않는다. 더이상 산나는 그에게 음악이 아니다. 그의 목소리는 산나의 이름을 부르기를 잊었다. 산나는 소멸한다. 이제 B에게 산나는 없다.

29

　마치 이 세상에 사랑만이 존재하는 듯이 말하는, 그런 말투에 Y는 거부감을 느꼈다. 혹은 의심할 바 없이 그것이 가장 고귀한 가치 중의 하나인 듯이 노골적이고 자신있게 말하는 그런 글에도 마찬가지였다. 왜냐하면 그것은 가장 개인적인 것이고, 은밀할 수 있는 권리가 있고, 거짓과 환멸을 동시에 포함하고 있는 것이기 때문에, 라는 것이 그 이유였다. 처음에 내 부모님의 친구였던 Y는 내 부모님을 만나기 위해 정기적으로 우리 집에 들렀으며 부모님이 이혼하여 헤어진 다음에는 좀 더 눈에 띄지 않는 형태로, 몇 번 더 집에 들렀다. 아마도 아버지를 만나기 위해서였을 것이다. 내 부모님은 양식이 있고 지성이 높은 사람들이었다. 덕분에 나는 학교에서 부적응 판정을 받게 되자 초등학교를 졸업한 후에는 집에서 공부할 수 있었다. 간혹 교사였던 어머니가 나를 가르치기도 했으나 나는 대부분 혼자 책을 읽으면서 공부했다. 아버지가 두번째 결혼을 한 후에야 Y는 우리 집을 더이상 방문하지 않았다. 나는 Y에게 편지를 썼고 Y는 생각날 때면 답장을 해주었다. Y에 대해 생각할 때, 기억에 선명한 것은 그 편지에 적힌 단어와 구절 들이다. 나는 Y에게 말 그대로 모든 것을, 내가 생각할 수 있고 묘사할 수 있었던 모든 것에 대해 쓰곤 했다. Y가 답장으로 보내는 편지는 길지 않았다. 아니 어쩌면 그 편지의 대부분은 단지 침묵이었다. Y는 절대로 개인적인 일에 대해서는 마치 맹세하듯이 침묵을 지키라고 나에게 충고했다. 나중에 생각해보니 그것은 사랑에 관한 언급이었다.

이바나

 Y는 항구에서 살고 싶어했다. Y는 물과 관련된 모든 것을 좋아했다. 내가 성인이 된 다음에, Y와 함께 기차를 타고 항구로 여행을 한 적이 있었다. 우리의 첫 여행이었다. 그러나 곧 항구의 안개와 습기는 Y의 건강에 좋지 않다는 것이 증명되었다. Y는 목에 수건을 두르고 뜨거운 물주머니를 껴안고도 밤에는 기침을 했다. 부두에서는 밤낮으로 기름 냄새가 풍겼다. 결국 항구에서 집을 빌리려고 했던 계획을 취소할 수밖에 없었다. 그러나 항구가 아닌 도시에 Y는 아무런 흥미를 느끼지 못했다. Y는 집을 구해야만 하는 상황이었으나 아무런 결정을 내리지 못하고 망설이고만 있었다. 나는 Y가 어디에서 살든, 내가 Y와 함께 산다는 사실에는 변함이 없으리라고 굳게 믿었다. Y의 피아노와 화구들과 이미 완성된 그림들, 그리고 문 없는 옷장과 경대 따위의 간단한 가구들이 이미 몇 년 전부터 내 부모님 집의 지하실과 차고에 보관되어 있었다. 나는 여러 번 그 물건들을 만져보았으므로 Y 자신보다 더욱 그것들에 친숙했다. Y는 간혹 외국으로 여행을 다녔고 그러지 않을 때면 작은 셋집이나 호텔에서 머물곤 했다. 외국 어딘가에 Y의 가족들이 산다고 들었으나 정확하지는 않다. Y는 가족들에 관한 이야기는 한마디도 하지 않았다. Y는 고급 관료의 딸로 태어났으나 해방과 한국전쟁을 겪으면서 집안이 서서히 몰락하기 시

작하여 마침내 십대 시절 아버지를 잃고 그후로는 그다지 부유하지 않은 환경에서 공부했다. 머리가 좋고 성실한 학생이어서 장학금으로 학교를 다녔고 그림과 역사를 공부했으며 잠시 런던에 살 때 만나 결혼한—그때는 이미 헤어진 상태의 가족이지만—남편은 외국인으로, 이름이 잘 기억나지 않는 발칸의 한 작은 도시에서 의사로 일하고 있다는 것을 내 부모님을 통해서 들었을 뿐이다. 부모님도 정확하게 알고 있는 것은 아니었다. Y의 남편을 알고 있는 사람은 아무도 없었다. Y의 딸의 사진을 본 사람도 아무도 없었다. 모든 것에 대해 Y가 침묵을 지켰기 때문이다. 그녀는 남편이나 딸에 관해 이야기하는 것을 결단코 싫어했다.

 Y는 눈빛이 희미하고 입술의 윤곽도 뚜렷하지 않았다. 머리칼은 몹시 길었으나 윤기 없는 잿빛에 가까운 색이었다. 얼굴은 희었고 슬프고 음울한 표정을 하고 있었다. 아마도 Y의 코가 긴데다가 곧지 않고 눈치채지 못할 정도로 끝이 살짝 휘었기 때문일 것이다. Y가 가지고 있는 것 중에 가장 아름다운 것은 목소리였다. 그러나 유감스럽게도 Y는 침묵을 사랑했다. Y의 언어는 아쉬울 정도로 경제적인 음절을 가지고 있었다. Y는 십대였던 나에게 운전과 상호간의 육체적인 교통을 가르쳤다. 당시, 나에게는 친구가 한 명도 없었다. 학교를 다니지 않은 탓

이었다. Y는 구 년 동안 내 유일한 친구이자 스승이었고 마지막 이 년 동안은 연인이기도 했다.

나는 지금 Y가 어디에 있는지 모른다.

30

원고가 완성된 다음에도 편집자는 이바나의 이야기에 집착했다. 이바나가 여자가 아닌 단지 기계에 지나지 않는 자동차로 묘사된 것에 그는 강한 불만을 표시했다. 그는 숨을 헐떡이고 이마를 찡그리고 손수건을 꺼내 목덜미의 땀을 닦았다. 처음 이바나를 여자로 묘사하자고 한 것은 그의 단순한 발상에서 시작된 것이었으나 작업이 점점 진행될수록, 그에게 이 책은 아무것도 아닌 것이 되어 있었다. 단지 이바나가 중요할 뿐이었다. 이바나는 마치 살아 있는, 그러나 단지 우리의 글을 통해서만이 그가 만나볼 수 있는 그런 여자가 되어버린 것이다. 그는 그녀 이바나에 대한 가능한 한 많은 정보를 얻기 위해 프린트된 종이 위로 삼킬 듯한 시선을 보냈다. 그리고 자신의 욕구가 제대로 충족되지 못하면 심술궂은 불만을 표시했다. 그는 원고를 여러 번 읽고 K가 쓴 부분에 대해서는 손가락으로 조목조목 짚어가며 지적했다. 그의 의견으로는 K가 쓴 부분은 매력적인 면이 없지 않으나 이바나에 대한 묘사가 부족하고 지루할 정도로 독백적인 요소가 너무 많았다. K는 여행 중에 꾼 꿈 이야기에 원고의 많은 부분을 할애했다. 그것은 실제로 K가 이바나 안에서, 완전히 깨어나기 이전의 꿈과 현실의 경계에 있는 상태에서의 중얼거림이었다. K는 그 모든 것들을 녹음기에 담았다. 그러나 K는 편집자와 대화하기를 거부했다. 내가 생각하기에 K가 쓴 부분은 나쁘지 않았다. 편집자가 가지고 있는 진짜 불만은 이바나에 관한 것이었다. 그는 다음의 원고를 독촉하고 이바나가 어떻게 되는지 궁금해했으며 시간이 지날수록 단지 상징에 지나지 않는 무생물의 존재를 육화시키고 거기에 영혼을 부여하고 사로잡히기를 원하는 듯이 보였다. 우리의 원고가 자신의 기대에 못 미치자 그는 안타까움을 참지 못했다. 할 수만 있다면 그는 스스로 했을 것이다. 그는 원고의 사소한 묘사, 이바나에 관한 단 한 줄의 언급에도 밑줄을 쳐가며 집중해서 읽었다. 이바나를 여자로 묘사하자고 처음 제안한 사람은 바로 그 자신이었다. 점점 그는 자신이 만들어낸 상상 속의 여자 이바나에 대한 욕망에서 해방되지 못하는 것처럼 보였다. 그는 한 번도 실제의 이바나를 본 적이 없었고 그것을 궁금해하지도 않았다. 그는 우리를 믿지 않았다. 이바나가 실제로 존재하는 것인지 아니면 우리가 만들어낸 허구의 자동차인지조차 한 번도 묻지 않았다. 나는 다음의 원고에서, 이바나에 관한, 이바나를 위한 글을 쓰기로 하고 그를 달랬다. 이바나는 대륙으로 가고, 상상할 수 없는 먼 길을 떠난다. 돌아오기 위한 여행은 물론 아니다. 티베트와 위구르, 카자흐스탄과 조지아를 거쳐 발칸으로 갈 것이다. 여행은 아주 특별할 것이고 여행기는 지금까지 감히 한 번도 상상해보지 못한 보석으로 넘칠 것이다. 왜냐하면 그 여행은 나도 아니고 K도 아니고 바로 이바나 그녀 자신이 하는 여행이기 때문이다. 나는 확신하지 못하는 부분까지 편집자에게 말했다. 그는 휴지를 집어들고 코를 푼 다음 그것이 정말이겠지요? 하고 다짐을 받듯이 물었다. 당연히 모든 것은 사실입니다, 나는 자신있게 말해주었다. 정말 환상적입니다, 편집자는 탄식하듯이 중얼거렸다. 정말 환상적이에요. 대륙을 통과하여 발칸으로 가는 자동차 여행이라니. 게다가 그렇게 아름답고 독특한 여인과 함께라니 말이죠. 아니면 그런 여인을 찾아가는 여행이라고 해도 좋겠지요. 그렇지 않나요? 편집자는 좋은 생각이라는 듯이 눈을 깜박거렸다.

어떻게 생각하세요? 이바나를 찾아가는 겁니다. 예를 들자면, 당신은 아주 오래전에 이바나라는 한 여인을 알고 있었어요. 그러나 당신들 사이에는 모종의 문제가 있어서, 그것이 너무나 치명적이고 설득될 수 없는 종류였으므로 결국 당신들은 헤어지게 됩니다. 상상을 한번 해보세요. 그리고 많은 시간이 지났어요. 잊어버리기에 충분한 시간이죠. 그런데 어느 날 당신은 그녀가 어딘가 아주 낯설고 먼 곳에 살고 있다는 소식을 듣습니다. 예를 들자면, 당신들이 가려고 하는 그곳 발칸 같은 곳 말이에요. 너무 많은 시간이 지나서 더이상 그녀는 로맨틱한 상상의 여주인공이 될 그런 여자는 이미 아닙니다. 그러나 당신은 그녀를 찾아 여행을 떠납니다. 당신은 한 번도 여행을 해본 적이 없고 비행기를 타는 것을 두려워하며 모험을 쫓는 스타일이 아닌데 말입니다. 그녀가 그곳에 있다는 것은 단지 헛소문일지도 모르며 이미 시효가 지난 소식일 수도 있습니다. 그녀는 이미 다른 곳으로 가버렸을 수도 있습니다. 그리고 당신을 잊었을 것이 거의 확실합니다. 그런 여행입니다. 그녀는 이미 양로원 신세를 지고 있을지도 모릅니다. 그녀의 두 눈은 백내장으로 보이지 않게 되었을 수도 있습니다. 그런 여행입니다. 그러나 당신은 그 먼 곳까지 찾아가는 겁니다. 왜냐하면 그녀가 바로 이바나이기 때문입니다. 어떻게 생각하십니까?

그리고 그다음에는 어떻게 됩니까?

나는 나도 모르게 목소리를 죽여 편집자에게 물었다.

그건 아무도 모르는 일입니다.

편집자도 낮은 목소리로 대답했다.

사실, 여행을 떠난다는 그 말은 모두 거짓이었습니다. 모든 것은 너무 낡았고 우리는 너무 가난하므로 불가능합니다. 그것은 우리가, 단지 글을 쓰기 위해 지어낸 근사한 구실에 불과합니다. 나는 무명의 작가이고, 이바나에 대해 쓰기 전까지는 아무도 내 글에 관심을 두지 않았으니까요.

나는 편집자에게 변명했다.

그것은 상관없습니다. 아무것도 달라지지 않아요. 실제로 간다고 해서, 뭐가 달라지겠습니까? 문제는 쓰는 것이지요. 자주 사람들은 이 두 가지를 혼동하지만 말입니다. 당신이 쓰고 묘사하는 그것이 바로 실체가 되는 것입니다. 실제로 가느냐 가지 않느냐 하는 것은 사소한 문제일 뿐입니다. 뭐 시간이 남고 돈이 많다면 어디든지 갈 수 있겠죠. 그러나 분명한 것은 그건 쓰는 것과는 별개의 영역이라는 점입니다. 나는 당신이 여행하는 것이 아니라 그것을 쓰기 바랍니다. 그럼으로써 그녀는 존재하게 되는 것이니까요. 진정, 당신은 그것을 쓸 수는 있겠지요?

편집자는 애원하듯이 나를 바라보았다.

어떤 것을?

이바나 말입니다.

편집자가 어둠 속에서 손가락을 덜덜 떨면서 담배에 불을 붙였다.

31

그러나 침묵은 또한 부정과 경계와 의심이기도 하다. K는 이것을 잘 알고 있었다. 그러니까, 그것이 K가 침묵을 이해한 한 방법이었다. 침묵이 세상을 받아들이는 네거티브한 입장인 것을 그는 알았다. 두번째 불면이 찾아왔을 때, K는 자신의 침묵으로 나를 포함한 세계를 밀어냈다. 우리는 거의 모든 가구를 팔았고 아무것도 새로 사들이지 않았으므로 여러 가지 불편이 있었다. 식탁이나 소파도 없었고 카펫이나 책상도 없었다. 책도 없었고 전화도 없었고 레코드도 없었다. 우리는 여행용 트렁크 위에 종이 냅킨을 깔고 토스트를 먹었다. K는 내가 편집자와 나눈 대화를 들었다. 그는 내가 더이상, 적어도 상황이 상당히 호전되리라고 기대할 수 있을 때까지는 여행을 떠나지 않겠다고 말한 것을 들었다. 나는 그리고 새로운 원고를 완성하기 전까지는 아무 곳으로도 떠나지 않겠다는 약속마저

해놓은 터였다. 여행을 떠난다는 것은 지금의 나로서는 글을 쓸 기회를 놓치는 것과 같았다. 그러나 만일 그가 이것에 대해 물어온다면 나는 여행을 연기한다는 것은 별 뜻 없는 말이었으며, 진심으로 한 말은 아니라고 설명해줄 생각이었다.

32

 벨이 울렸다. B는 소파에 앉아 있었다. 텔레비전이 켜져 있기는 했지만 B는 그것을 보고 있지는 않았다. 벨이 울리기에는 너무 늦은 시간이었다. 벨이 다시 울렸다. B는 게으른 짐승인 양 조금 몸을 움직였다. 그러다가 마침내 자리에서 일어나 문으로 느리게 다가갔다. 문을 열기 전에 B는 조금 망설였던가. 아니 그렇게 보이지는 않았다. 길고 음울한 겨울이었다. 맑은 날은 찾아볼 수 없었고 매일매일 눈이 쌓이고 그것이 얼어붙었다. 겨울이 시작될 무렵 B는 현관에 덧문을 달았다. 추위를 막기 위함이었다. B는 현관문을 연 뒤 덧문까지 모두 열었다. 집 안에서 바라보는 어둠은 완벽하게 다른 세계이다. 눈이, 마치 대지에서 솟구치는 것처럼 날아오르고 있었다. 가만히 쳐다보고 있으면 하나하나의 눈송이는 점점 커져서 마침내는 성난

백조떼의 공격처럼 보였다. B가 문을 열자 그 다른 세계인 듯한 그런 어둠 속에서 산나의 모습이 보였다. 산나가 돌아왔다.

난, 너무 어리석고 아무것도 몰랐었어. 너에게 충분히 사과할게. 그리고 그건 단지 아무 의미 없는 사소한 실수였을 뿐이야.

산나의 목소리는 뭔가를 억누르고 있거나 혹은 속이는 사람처럼, 준비된 대사를 읽는 것처럼 무표정했다. 산나는 정말로 난처한 무엇이 있든가 아니면 적어도 그런 척해야 할 의무가 있는 듯이 보였다. B는 아무 말이 없었다. 그는 단지 침묵을 지켰다.

스카프를 두르고 있었으나 산나의 앞머리에는 고드름이 되어가고 있는 눈이 덮여 있었다. 산나는 초조하게 머리칼을 쓸었다.

산나의 눈빛이 굴욕으로 흔들렸다.

너무 많은 시간이 지나서, 이젠 네가 그것에 대해 옛날처럼 신경쓰지 않을 거라고 생각했어, 난.

산나는 무거운 트렁크를 들고 있었다. 그리고 마르고 뼈대가 단단한 손으로 그것을 움켜쥐고 있었다. 산나, 너는 누군가? 그리고 너는 왜 장갑도 없나? B는 그렇게 말하고 싶었는지도 모르지만 아무것도 입밖에 내지는 않았다. 언어에 그대로 맞게 어울리는 물체는 세상에 그다지 많지 않으므로 우리가 알고 있는 개념이란 결국 총체적인 것에 지나지 않는다고 간주하면, 반대의 경우 개별적인 사물을 그대로 묘사해주는 단어가 아예 없거나 상당히 부족하다는 것도 생각할 수 있다. 그런 식의 언어의 불일치는 간혹 스스로도 이해할 수 없는 무감각을 유발한다. 언어는 길을 잃는다. 산나라는 이름은 그 존재를 찾아가지 못한다. 그것은 허공에서 잠시 방황하다가 사라져버린다. 그래서 B는 아무 말도 할 수 없다. 그는 이방인이 된다. 그는 세상의 말을 이해하지 못하고 세상은 그가 사용하는 언어를 이해하지 못한다. B는 단지 산나, 눈 속에서 길을 잃고 얼어버린 산나를 마치 눈의 인형이라도 되는 듯이 바라보고 있을 뿐이다. 초첨 없는 얼음 눈동자, 고드름이 맺힌 머리칼들. 이 존재를 지칭하는 정확한 이름을 B는 알지 못한다. 그러므로 그는 이름을 부를 수 없고, 산나는 언어의 세계 바깥에 머물러 있으므로 그에게는 보이지 않고 들리지 않는 존재일 뿐이다.

제발 뭐라고 말 좀 해봐.

산나의 표정이 경직되며 목소리가 허물어졌다. 산나가 B를 향해 처음으로 목소리를 냈을 때, B가 전율한 것은 그것이 산나 자신의 내부에 가득 찬 은밀한 존재를 B를 향해서 개방한 것이기 때문이었다. 그러나 산나는 죽었고 산나는 이제 없다.

그 이름을 잃고 그 목소리를 잃은 채 스스로 존재할 수 없게 된 이후에 찾아온 산나를 B는 설명할 수 없었다. 그것은 경이도, 친밀감도, 그 무엇도 아니었다. 그것은 얼어붙은 하나의 낯선 존재인 이방인 이상의 그 무엇도 아니었다.

안 되겠어?

산나는 자신감을 잃었다. 산나의 목소리가 다시 빠르게 무너졌다. 산나는 이제 자존심과 연출을 포기했다. 그녀는 추운 것이다.

그렇다면 잠깐 들어가서 몸을 녹일 수 있도록 차 한잔 마시게 해주겠어? 잠깐 동안만이야. 오래 귀찮게 하지는 않을게. 역에서 택시를 탈 수 없어서 걸어왔더니 몸이 얼었어.

산나는 서서히 밀려오는 절망의 예감에 떨면서 물었다. 그러나 B는 여전히 그녀가 누구인지 알 수 없다.

말했잖아, 옛날에는 나는 아무것도 몰랐어. 그건 실수였어. 너에게 상처 준 것은 미안해. 이해해줄 수 없어? 나에게 무의미하고 부주의한 실수였어. 그러니, 뜨거운 차 한잔이면 돼. 아주 잠깐 동안.

그러나 곧 산나는 일그러진 얼굴을 하고 한 걸음 뒤로 물러났다. 한밤의 방문객 때문에 잠에서 깨어난 B의 새로운 가족들이, 여자와 어린아이들이 어느새 거실로 나와 그들의 대화를 들고 있었기 때문이다. 그들은 B의 등 너머로, B와 다르지 않은 얼굴을 하고 산나를 바라보고 있다. 산나는 더이상 B의 대답을 기대하지 않고 B에게 아무런 자비도 구하지 않은 채 두 번, 뒷걸음질쳤다. 그리하여 한때 매혹에 몸을 담았으나 이제는 모든 곳에서 부재하는 이 경솔한 여인은, 몸을 돌리고 맨손에 트렁크를 들고 다시 한밤의 눈보라치는 어둠 속으로 사라졌다.

B는 현관문을 닫고, 덧문까지 단단히 닫았다.

33

그곳에서 여자는 이바나라고 불렸다. 나는 그녀를 Y라고 불렀다. 내 부모는 그녀를 관자라고 불렀고 그녀는 자신이 그린 그림에 Yja라고 서명했다. 그러나 일천구백사십일년도의 유월에 태어난 것으로 기록되어 있는—실제 그녀의 출생연도는 일천구백사십년 십일월이라고 그녀 스스로 말했었다—그녀의 출생 서류에는 다른 이름이 등록되어 있었다. 그것 때문에 그녀 Y의 정체성에 문제가 있었으리라고는 생각되지 않는다. Y는 자신의 이름을 사랑하지 않았다. 이름은 스스로 명명한 것이 아니며 마치 운명적인 불운처럼 부당한 것이었다. 그래서 Y는 고의적으로 자신을 포함한 다른 모든 사물의 이름에 대해 냉담하고 초연한 태도를 취했다. Y는 짧은 결혼생활을 끝내고 돌아온 다음, 오랫동안 새로운 결혼 상대를 찾고 있었다. 내 부모가 아마도 그녀에게 도움을 줄 수 있을 거라고 생각한 것 같았다. 그러나 그것은 쉽지 않았다. Y는 부자도 아니었고 특별한 미모의 소유자도 아니었으며 후원자로서의 내 부모를 제외한다면 이곳에 기댈 만한 친척도 없었다. 이름난 화단 사람들의 공식적인 칭찬을 받지 못한 그런 상황에서 그림만을 그려서 꾸려나가는 생활이란, 한마디로 비참함의 그럴듯해 보이는 다른 이름이었다. 게다가 외국에서의 생활과, 외국인과의 결혼과 이혼은 매우 좋지 않은 인상을 주었다. 보수적인 사람들은 Y를 나이든 매춘부처럼 생각하기도 했다. Y의 남편이 의사였고 딸이 있다는 것은 그들에게는 Y가 지어낸 헛소문에 불과했다. 내 아버지 역시 어머니와 헤어지기 전부터 Y가 부부 공동의 친구였다는 사실 때문에 Y와의 결혼을 고려하지 않았다. 그러나 사실 그 이면에는 복잡한 다른 무엇이 있었는지도 몰랐다. Y가 정치적으로 몰락한 집안의 딸이라는 것, 현재로서는 재능 말고는 아무것도 가진 것이 없다는 점, 집이나 친척도 없이 가방을 든 채 이리저리 옮겨다닐 수밖에 없는 신세라는 점, Y가 외국에서 정확하게 어떻게 살았는지 알 수 없다는 점. 내 아버지는 남녀의 애정이 외형적으로 자선사업처럼 보이는 것을 추하게 여겼다. 그러나 사실 막바지에 이르렀을 때는 그의 재산도 보잘것없었다. 어쩌면 빚이 더 많았는지도 모르겠다. 그래서 그는 Y를 결혼 상대로 생각하지 않았고, 그들의 관계는 Y가 기대하고 있던 것보다 훨씬 더 빨리 끝났다. 만일 내 아버지와 결혼할 수 있었다면, 어쨌든 당장은 Y의 삶은 덜 쪼들렸을 것이다. Y는 싸구려 호텔에서 셋집으로, 그리고 점점 더 작은 셋집으로 이사를 했다. 그러므로 Y의 피아노와 그림은 내가 가지고 나올 때까지 계속해서 내 부모의 집 지하실과 차고에서 곰팡내를 풍길 수밖에 없었다. 그리고 곧 Y는 결혼을 포기했다. 그림을 그려서 살아가기에는 Y는 넉넉하지 않았다. 어떻게 Y는 생계를 꾸려나갈 수 있었을까. 마지막까지 Y의 곁에 남아 있었던 사람은 그때 스물한 살이던, 언제나 애정을 갈구하며 떨어지려 하지 않았던 나를 제외하고는 없었다. 그런 상황에서 Y는 매일매일 닥치는 현실적인 절박한 문제들을 어떻게 해결했을까. 얼마 되지 않는 저축을 쪼개고 또 쪼개서 썼을 것이다. 그러나 그때나 지금이나 나는 그것을 모른다.

34

B는 책방에서 이바나를 발견했다. 그는 새롭게 번역된 『그리스인 조르바』를 사기 위해 책방에 들어갔다. 여행기가 꽂혀 있는 코너로 그가 눈길을 돌린 것은 우연이었다. 책의 제목은 '이바나'였다. 책인지 아닌지는 모르지만 그런 이름을 어디에선가 들은 기억이 났다. B는 그 이름이 그에게 어떤 기억을 일깨워주는 것을 신기하게 여겼다. 왜냐하면 B는 단 한 명도 그런 식의 외국 이름을 가진 여자—혹은 남자라도—를 알지 못하기 때문이었다. B는 책장으로 다가가 그 책을 뽑았다. 처음에 그는 단지 표지와 간단하게 몇 페이지만 들추어볼 생각이었다. 그리고 그는 실제로 그렇게 했다. B는 『그리스인 조르바』 외의 책을 잘 읽지 않았고, 여행을 좋아하지 않았으며, 일생 동안 여행처럼 귀찮은 일은 한 번도 해본 적이 없었다. 그러다가 그는 문득 생각이 났다. 몇 년 전, 그가 아직 첫번째 결혼을 하기도 전에, 중학교에서 가르치기 전에, 그는 침묵에 싸인 채 먼 곳에 있는 도시에 잠시 머물렀던 적이 있었다. 그러나 그것이 여행이라고 말해질 수 있을까. 아마도 아닐 거라고 그는 생각했다. 그러므로, 그는 계속해서 생각했다. 그는 한 번도 여행을 떠난 적이 없고 아마 앞으로도 그럴 것이다. 『이바나』는

여행기였다. 자동차를 타고 마음 내키는 대로 이곳저곳 서성거린 여행 말이다. 여행을 떠나지 않는 사람들이 흔히 그렇듯이, B는 단순한 숙박업소 안내나 지도가 아닌, 여행에 관한 서사적인 기록이나 편지, 그리고 정보가 아닌 이야기에 관심을 가지는 편이었다. 몇 페이지를 넘겨본 후 B는 『이바나』에서 마음에 드는 점을 발견했다. 첫째, 그것은 아직 끝나지 않은 여행에 관한 이야기였다. 주인공들은 잠시 서류상의 문제를 해결하기 위해 여행을 중단했을 따름이고, 행정적인 절차를 마치면 곧 다시 대륙으로 떠날 것이라고 말하고 있었다. 그들은 글을 쓰고 있는 현재도 길 위에 있는 셈이며 그 사실을 자연스럽게 받아들이고 있었다. 즉 결국 돌아오는 여행이란 상품으로서의 관광에 다름아니다, 그것이 그들의 생각이었다. 그들에게 목적지는 없으며 다만 경유지가 있을 뿐이었다.

그리고 그것은 불면에 관한 이야기였다. 그들은 치료되지 않는 불면을 가지고 있었고, 『이바나』는 그것을 받아들이기로 작정한 사람과 그러지 못한 또 한 사람의 이야기였다. 어떤 사람들에게는 불면이 그 인생에 결정적인 간섭이나 영향이 될 수 있음을 B는 잘 알고 있었다. 불면은 그 당사자뿐 아니라 주변의 가까운 사람마저 변화시킨다. 『이바나』는 그것이 가져다주는 침묵, 견고한 고립에 대한 이야기였다. 마침내 서서히 자기 자신을 표백시키고 에고를 억누르는 데서 오는 기쁨에 대한. 그 첫번째 방법은 절대적인 비밀을 가지는 것이다. 자신을 노출하는 기쁨을 누리지 않는 것이다.『이바나』의 저자들은 그것을 B만큼이나 잘 알고 있어서, 그는 마음의 작은 감동을 받았다. 알지 못하는 다른 사람이 그의 숨겨진 부분에 대해 적절하게 묘사해준다면 누구나 감동을 받을 것이다. B에게는 불면이 그중 하나였다. 장기적인 불면은 질병이라기보다는 하나의 고통스럽고도 은밀한 개성이 된다. 즉, B는 불면의 상태이고 아무도 그것을 모른다. 이것이 B를 나타내는 전부가 된다. B는 그 책이 자신을 위한 이야기는 아닌 것을 알았지만, 책의 어딘가에서 B 자신의 뒷모습을 발견한 듯했다. 글을 쓰는 사람 뒤편으로 멀리 지나가는, 희미한 익명의 행인, 차창 밖으로 여행가방과 다리만 슬쩍 나타나는, 정체불명의 이니셜로서.

또한 '이바나'는 자동차의 이름이었다. B는 그러한 자동차에 대해 어디선가 들은 것도 같았다. 자동차의 이름은 어디에나 쓰여 있는 것이다. 잡지의 페이지들, 고속도로의 광고판, 비행기의 담요, 실내 수영장의 천장, 그리고 자동차 여행에 관한 책들. 그러므로 그가 그 이름을 익숙하게 느낀다 해도 이상할 것은 없다.

B는 이바나를 다시 책장에 꽂아두고 그곳을 떠났다.

35

역에서 출발하는 길은 경사로였다. 경사가 적당해서 자전거를 타고 있다면 페달에 발을 얹는 일 없이 오랫동안 길을 따라 내려갈 수 있을 정도였다. 너무 급하지도, 너무 완만하지도 않다. 보리수나무가 가로수를 이루고 있다. 길의 중간쯤에는 역사가 오래된 음악학원이 있어서 거의 언제나 불안에 떠는 날카로운 현악기 소리를 들을 수 있다. 간혹 역으로 가는 버스가 지나갔다. 거리에는 잊혀진 무덤과 동상 들이 많았다. 그다지 유명하지 않은 사회주의 지도자였거나 조합 운동가, 이름을 떨친 투쟁가, 선동가로서 유명했던 사람들의 무덤이다. 그러나 거대한 석조 조형물들임에도 불구하고 아무도 관심을 갖지 않는다. 가까이 가보면 돌의 부조는 떨어져나가고 안내판 하나 없이 방치되어 있거나 이름조차 적혀 있지 않아 지금은 누구인지 전혀 알 수 없는 비장한 포즈의 전 세기 혁명가들로 이 도시는 넘친다. 자전거를 잠시 멈추고 뒤를 돌아보면 경사 때문에 역은 보이지 않고 가지가 앙상한 보리수나무들이 잿빛 하늘에 금을 그어놓을 뿐이다. 도시의 경사로는 저마다 다른 신비스러움을 가지고 있다. 경사로를 넘으면 그곳은 생각하지 못했던 구시가지의 한 귀퉁이나 난데없는 백조떼가 떠 있는 초록빛 호수나 불빛이 휘황한 쇼핑 아케이드가 나타나곤 했다. 기러기와 오리 떼가 삽 모양의 대열을 지어 그 하늘을 날아간다. 오후 네시도 되지 않았는데 거리는 어둑하고 석양이 내려앉는다.

갑자기, 아주 먼 곳으로 홀로 떠나왔다는 생각이 든다. 이런 종류의 생각이 들 때면 사람들이 할 수 있는 일은 두 가지이다. 그 생각에 온 정신을 던져 몰입하거나 아니면 계속해서 앞으로 나아가는 것이다. 점점 더 멀리 말이다. 그러나 내가 찾는 사람은 이곳에 살지 않았을지도 모른다. 내가 가지고 있는 주소는 너무나 오래전의 것이고, 그리고 신빙성 없는 여러 사람들의 입을 빌린 것이라 신뢰할 수가 없다. 내 의식은 자전거를 따라서 계속된다.

노인들이 손에 꽃을 들고 길을 걸어간다. 사거리가 나타나면, 왼편으로 금빛 탑이 보인다. 그리고 그 뒤에 마리엔 교회가 있다. 교회로 가는 길은 구시가지의 전형이다. 즉 로마 시대부터 방사형 무늬로 돌이 깔려 있는 좁고 구불구불한 길이다. 그러나 교회에 가까이 가면 그곳에는 강을 따라 난 산책로와 테라스가 있다. 또한 그곳은 손풍금과 만돌린 악사들의 거리이기도 하다. 자전거는 애수에 찬 집시의 선율 속으로 달린다. 음악의 놀라움은 그것이 언어를 사용하지 않고 이야기할 수 있다는 점에 있다. 산책로가 끝나는 부분에 테라스로 올라가는 계단이 있다. 그리고 다시 구시가지의 미로 같은 좁은 골목으로 들어가는 길이 보인다. 왼편으로는 강을 건너는 다리가 있다. 자전거는 구시가지의 골목 안으로 빨려들어가듯 사라져버린다. 어두운 저녁의 빛이 구시가지의 골목 안을 희미하게 떠돌고 있다. 상인들이 등불을 켠다. 더이상 뒤따라갈 수가 없다. 마지막 해가 하늘에 창백한 오렌짓빛의 황혼을 남기고 사라진다. 하늘의 가장 높은 곳에는 아직도 빛이 남아 있었으나 지상은 이미 밤이다.

36

그 당시의 Y와 친분이 있던 이들이 누구인지, 나는 전혀 모른다. 내 부모에겐 많은 친구들이 있었고 그들은 거의 모든 주말에 서로를 초대하거나 초대받을 정도로 활발하게 교류했다. Y도 그들 대부분과 함께 어울렸다. 그러나 나는 당시 그들과 직접 인사를 나누기에는 나이가 너무 어렸던 이유로 우리 집에 드나들던 그들의 얼굴을 잘 기억할 수가 없다. 나에게 그들은 단지 옷을 잘 차려입은 남자와 여자 들에 지나지 않았다. 그러나 부모의 집 차고와 지하실에 있던 수많은 서류와 책과 편지 들 그리고 앨범과 낡은 교과서와 가구와 신문 더미에서 어쩌면 어떤 흔적을 찾을 수 있을지도 몰랐다.

지금 그 집에는 한때 내 부모의 친구였으나 나와는 거의 모르는 사이인 퇴역 군인이 살고 있다. 그는 차고의 짐들을 지하실로 몰아넣은 다음 나에게 한 달 이내에 모든 짐들을 처분해달라고 통보했었다. 그러나 나는 그러지 않았다. 내가 집을 떠날 때 가지고 나왔던 피아노와 그림을 쌓아놓기에도 내 아파트먼트는 비좁은데다, 나머지 부모의 기록이나 묵은 책들 따위는 대수롭지 않게 생각해버린 것이다. 당시 나는 내 최초의 원고를 지인에게서 소개받은 출판 관계자에게 가지고 갔으나 예의바르게 거절당한 다음이었고, 학위도 없고 유력한 친구도 없고 뚜렷한 직업도 없는 가난뱅이에 지나지 않았다. 지하실에 쌓여 있는 오래 묵은 짐 따위는 정말로 아무래도 상관없는 상황이었다. 나는 그에게 편지를 보내 좋으실 대로 처분하라고, 어차피 값나가는 물건은 하나도 없으니 쓰레기로 처분되겠지만 모든 권리를 그쪽에 위임하겠다고 써보냈다.

편집자가 아니었다면 나는 그 짐들을 생각해내지 못했을 것이다. 그것은 너무 아득하여 이미 나 자신의 외부로 떠나버린 듯한 기억이었다. 편집자는 이바나의 과거 기록들, 사진들, 이바나의 친구들, 이바나의 젊은 시절의 이야기 같은 것들에 욕심을 냈다. 그는 이야기를 완성하기 위해 반드시 그러한 증거들이 뒷받침되어야 한다고 믿었다. 이제 그는 이바나가 자동차가 아니라 여인이라고 완전히 믿고 있었다. 내가 원고의 초고를 완성한 다음에도 그는 새로운 책의 이바나에 관한 부분을, 즉 과거 그녀가 자동차로 등장한 부분을, 다시 써줄 것을 요구했다. 나는 그 요구를 곧장 거절하기가 어려웠다. 나는 좀 더 생각해보자는 식의 애매한 말로 대답했을 뿐이다.

주방 입구에 K가 서 있었다. 그는 대화 내용을 듣고 있었다. K는 이미 짐을 다 싸서 트렁크에 넣고 맹장 수술에 대해 병원에 문의하고 있는 중이었다—그러나 결국 K는 수술을 받지 않았다. 물론 나도 언제든지 떠날 수 있게 준비하고 있었다.

언제나와 마찬가지로 K는 아침이 훤히 밝아올 때까지 잠들지 않고 있었다. 단지 매트리스 위에서 잠들려고 노력하고 있는 중이었다. 집 안의 공기는 매캐해서 코가 아플 정도였다. 새벽 추위 때문에 창을 모두 닫아버렸기 때문이다. 나는 자정 전에 잠시 잠들었다가 땀을 흘리면서 자정쯤에 다시 깨어났다. 집은 싸늘했지만 이유를 알 수 없게 땀이 흘렀다. 그때부터 주방 아일랜드의 하나뿐인 의자에 앉아 계속해서 연필로 써나가기 시작했다. 시간이 얼마나 지났는지 몰랐다.

그에게 뭐라고 말했어?

K가 어느새 주방 입구에 와서 서 있었다. 안개 사이로 아침이 밝아오고 있었다. 기침을 유발하는 매운 안개였다. 개 짖는 소리가 들렸다.

아무것도 특별한 것은 없어. 알고 있잖아.

새로운 책에 대해 이야기했지?

그래. 하지만 네가 다 알고 있는 이야기야.

분명히 말해줘. 우리는 어떻게 되는 거지? 그리고 이바나는?

모든 것이 수십 번씩 약속한 그대로야. 이 집이 팔리고 나면 우리는 배를 타러 항구로 가는 거야. 물론 이바나도 함께.

집은 이미 팔렸잖아.

K가 눈빛 하나 흔들리지 않고 말했다. 나는 어깨를 조금 움직였다.

그렇지만 아직 돈은 받지 못했어. 그러므로 완전히 팔린 것은 아냐. 그 사람들의 사정이……

언제나 그 사람들의 사정이지!

K는 조금 과격해졌다. 그러나 곧 바람 빠진 풍선처럼 평소의 내성적인 태도로 돌아왔다.

계약에는 기간이라는 것이 있단 말이야. 기일 말이지. 그 기일만 지키면 되는 거야. 그들은 그것을 어기지는 않았어. 우리로서는 단지 그것을 기다리고만 있으면 되는 거야.

그렇다면 도대체 그 기간, 기일이라는 것이 언제지?

음, 그것은 아직 좀 더 남아 있어.

넌 나에게 아무것도 말해주려 하지 않는구나.

별로 원망하는 기색도 없이 K가 말했다.

난 언제나 너에게 모든 것을 말해.

거짓말. 하지만 그것은 상관없어. 나는 우리가 언제 떠나게 될지만 분명히 알고 싶어.

가능한 한 빨리. 돈을 받으면 바로 그날이나 그다음 날.

말해줘. 너는 그 편집자에게 새로운 원고를 써줄 생각이지?

그건, 단지 초고에 불과해. 그도 우리에게 선금을 주는 이상 알 권리가 있잖아.

지금 네가 쓰고 있는 것은 단지 초고가 아니야.

들어봐, K.

나는 일어서서 말할까 망설이다가 그냥 앉은 채로 말했다.

글을 쓰기 시작하고 나서 처음 삼 년 동안 나는 언제나 거절당하기만 했어. 나는 학위도 없고 무명이었어. 그들은 나를, 노동하기는 싫어하면서 폼 잡고 글을 쓰고 싶어하는 흔해빠진 룸펜 정도로 간주했어. 잡지에 글을 발표하기 시작하고 나서도, 그다지 만족할 만한 성과는 없었어. 비평가들의 시선이나 수입을 이야기하는 것이 아니야. 한마디로 말하자면, 내 글은 잡지에 있어도 그만 없어도 그만인 그런 글이었어. 이해할 수 있겠어? 그런 상황을? 그 외에 나는 다른 사람의 자서전이나 각종 공연에 대한 감상문이나 외국에서 온 예술가들을 인터뷰한 글로 생계를 유지했어. 이해할 수 있겠어? 왜 내가 지금 쓰는 이 글을 멈추기 싫어하는지. 이바나는 점점 중요한 것이 되어가고 있어. 바로 내가 쓰는 이 글을 통해서야. 그래서 나는 도저히 멈출 수가 없어. 이 끈을 놓을 수가 없어. 그러나 오래 걸리지 않아. 아마도 다음 주나 길어도 열흘이면 이 원고가 끝날 테지. 그때까지는 네가 이해해주기를 바라.

나는 잠을 잘 수가 없어.

나도 마찬가지야.

나는 가까이 다가온 K의 얼굴을 어루만졌다.

고통스러워. 해가 뜨는 것이 힘들어. 모든 빛이 그 자체로 고통이야.

K, 제발 부탁인데 그 MD 플레이어 끄고 말할 수 없어?

미안해. 잊었어.

K, 내 부탁을 들어주겠지? 잠시 동안에 지나지 않아.

그래. 하지만 네가 나에게 거짓말하고 있다는 생각이 들면 마음이 초조해져.

너에게 거짓말하고 있지 않아.

나는 네가 이런 식으로 이 도시와 인연을 계속 이어나가는 것이 두려워. 그러다가는 다른 사람들처럼 이곳을 떠날 수 없게 될 거야.

너는 지금 지나치게 불안해하고 있어.

네가 나를 안심시켜주기를 바라.

이바나를 손보는 것은 그리 오래 걸리지 않아. 그다음에는 곧장 떠나는 거야. 바람보다 더 흔적 없이 사라질 수 있어. 넌 그것에 대해 많이 생각해?

그럼. 난 언제나 생각해.

37

나는 오래된 수첩과 전화번호부를 뒤졌지만 대령의 전화번호를 찾아낼 수 없었다. 그러나 전화를 한다 해도 대령이 나를 기억하고 있을지 역시 의문이었다. 나는 그를 직접 대면한 적이 거의 없었다. 대령은 키가 땅딸막하고 얼굴이 적포도줏빛으로 그을려 있는 사람이었던 것으로 기억된다. 예비역이 된 후 그의 취미는 사냥이라고 들었던 것도 기억이 난다. 그는 내 부모의 주말 만찬에 자주 초대받았다. 그는 언제나 그룹 중에서 유일한 군인이었다. 그래서 그에 관한 기억이 그나마 남아 있는 것인지도 몰랐다. 전화를 하는 대신 나는 방문을 허락해달라는 편지를 썼다. 나는 내가 태어나고 어린 시절을 보낸 그 주소를 기억하고 있었다.

급행으로 편지를 보낸 지 일 주일이 지났지만 답장은 오지 않았다. 그 주소가 이미 사라져버렸을지도 모른다는 생각이 들었다. 이곳은 거대한 도시이고, 하루하루가 다르게 변두리의 지도가 바뀌고 있었다. 그 자리에 주거용이 아닌 다른 용도로 쓰이는 건물이 들어서 있다고 해도 그다지 놀라운 일이 아니다. 그렇다면 답장이 오지 않는 것도 당연하다.

38

나는 마치 키 작은 난쟁이 같습니다. 중학교 때 이후로 계속해서 그랬어요. 이해할 수 있습니까?

그는 얌전하게 두 손을 무릎에 모으고 마치 그 무릎이 고양이라도 되는 양 쓰다듬을 듯한 자세를 취했다.

그때 한 여학생이 있었어요. 먼 시절의 얘기죠. 너무도. 우선 지금은, 여학생이라고 불릴 만한 존재들이 더이상 없으니까요. 미안하지만, 물 한잔 더 마실 수 있을까요?

그는 조심스럽게 빈 유리잔을 내밀었다. 나는 냉장고에 든 수돗물을 그에게 따라주었다.

감사합니다.

그는 물을 받아들고 마셨다. 그리고 계속했다.

나는 그 여학생 이름을 모릅니다.

그의 목소리가 낮아졌다.

혜정 아니면 윤정일 겁니다. 그것은 확실합니다. 왜냐하면 그 집에는 두 명의 딸이 있었고, 그들은 체격이나 얼굴이 비슷하고 나이도 겨우 한 살 차이였습니다. 그들의 이름이 혜정 그리고 윤정이라는 것은 누구나 알고 있었죠. 내가 기억하고 있는 것은 그중의 한 명입니다. 그러나 나는 그녀가 언니인지 동생인지 그것도 모릅니다.

그의 얼굴이 고통 때문인지, 아니면 기억해내려 애쓰는 때문인지 알 수 없게 일그러졌다.

그래서 나는 지금도 혜정 혹은 윤정이라는 이름을 가진 여자를 만나면 비밀스럽게 마음이 떨립니다. 매우 평범한 이름입니다만.

결국 이름에 대해 말하고 있는 겁니까?

내가 처음으로 물었다. 그러자 그가 두 손을 저었다.

아니요, 아닙니다. 단지 그것만은 아닙니다. 물론 나는 지금 그녀를, 그 여학생을 단지 이름만으로—그것도 반반의 확률에 불과한—기억하고 있지만 말입니다. 그리고 지금도 그런 이름을 들으면 나 자신도 어찌할 수 없이, 마치 무엇을 잊은 사람처럼, 아주 중요한 무엇이죠, 그것을 시간의 저 뒤편에 잊고 온 사람처럼 마음이 조여드는 것이 사실이지만 말입니다. 돌아가기에는 너무나 먼 곳이어서, 이럴 때 사람들은 어떤 언어를 써서 묘사하는지 잘 모르겠습니다. 그러나 역시 시간은 먼지에 불과한 것이죠. 그런 영화가 있었죠. 제목이 시간의 먼지였나, 아니면 시간의 재였던가요. 이런, 정확히 기억나지 않는군요. 그러므로 시간의 어느 한 거리에서 잃어버린 기억이라는 둥 하는 것은 언어의 미화에 지나지 않겠지만, 나는 말재주가 있는 편이 못 되어서요. 그러나 그런 거리라는 것이 정말로 있다면, 그렇게 생각한다면 말이죠, 그곳은 좁고 구불구불한 구시가지입니다. 우물과 베란다의 흰 빨래, 그리고 꽃나무와 자전거만이 다닐 수 있는 그런 구시가지 말입니다. 그런 곳에 두고 온 것이죠. 이제는 내가 무엇을 두고 왔는지조차 잊었습니다. 내가 아는 것은 단지 혜정 아니면 윤정이라는 그 이름, 그래요, 인정할 수 있습니다, 이름은 전부이거나 혹은 아무것도 아닙니다.

그런데 왜 하필이면 난쟁이라고 했습니까?

내가 그랬던가요?

그가 물잔을 든 채 잠시 작은 눈을 깜박거렸다.

아, 그랬군요. 난쟁이, 중학생 시절 이후부터. 내가 왜 그렇게 생각했는지 정확히 알 수는 없어요. 그러나 분명히, 그때부터 나는 엉성하고, 규정되지 않은 대기 상태로 정거장에 발이 묶인 난쟁이일 따름이죠. 그때는, 이견이 있을 수 없어요. 난쟁이니까.

아, 그렇군요.

그녀는 음악학원에 다니는 학생이었습니다. 혜정과 윤정 둘 다 말입니다. 그들은 바이올린을 배우고 있었죠. 아직 학생이었으므로 그들의 연주 실력은 썩 훌륭하다고 할 수는 없었어요. 특히 내가 말하는 그녀는 활을 끌어당길 때 어깨와 팔의 자세가 좋지 않아 교정받는 데 애를 먹었습니다. 이상한 일이죠. 나는 그녀가 교사에게 야단맞는 모습을 여러 번 봤습니다. 그녀는 그렇게 아름다운데 말이죠.

그는 잠시 말을 멈춘 다음 내가 다시 쓰고 있는 이바나의 원고 위로 눈길을 주고는 물끄러미 바라보았다.

그런데, 이바나는 아름다운가요?

아마도, 옛날에는 그랬을지도 모르죠. 그러나 확실하지는 않군요.

옛날이라니, 언제쯤?

너무 오래된 일이라서, 지금 그런 것이 의미가 있다고 생각하지는 않습니다.

그는 실망한 듯이 소리내지 않고 한숨을 쉬었다.

당신은 이바나를 만나게 됩니까?

무슨 뜻이죠?

책을 말하는 겁니다.

아, 나는 여행을 떠나지 않을 것이 거의 확실합니다. 따라서 이바나를 만날 수 없을 겁니다.

책 말입니다. 실제 당신이 여행을 떠나는지를 묻고 있는 것이 아닙니다. 당신은 글에서 이바나를 만날까요?

잘 모르겠습니다. 이바나가 아직 살아 있는지도 확실하지 않고.

하지만 당신은 작가이니 모든 것을 다 알고 있을 것이 분명합니다.

반드시 그렇지는 않습니다.

나는 난쟁이에 지나지 않아요. 게다가 나는 죽는 날까지도 그녀의 이름을 알 수 없을 겁니다.

그는 탄식하듯 말했다. 그는 내 원고가 어느 정도 진전이 되었나 알기 위해 나를 방문했다. 그러나 사실 그것은 핑계에 불과했고, 그는 이바나에 대해 캐묻기 위해, 그리고 그것을 통해 뭔가 알아내고자 조바심치고 있는 것이다. K는 그런 그를 매우 싫어했다. 이제 그가 찾아오면 K는 코트를 걸치고 밖으로 산책을 나갔다. K가 외출하는 경우란 그때가 유일했다.

39

K에게는 대학 도서관으로 간다고 말했지만 나는 대령을 직접 방문하기로 작정했다. 나는 그 집을 기억하고 있었다. 나는 외출을 싫어하는 소년이었지만 그래도 그곳에서 이십 년이 넘게 살았던 것이다. 기억하는 것이 당연했다. 나는 지하철을 타고 시내로 들어간 다음 번화가의 상점에 들어가 파스텔과 블루베리잼 한 병, 도심지와 변두리의 모든 거리가 자세히 나온 지도와 테니스 칠 때 신는 흰 양말을 한 켤레 샀다. 그 물건들은 나에게 반드시 필요한 것들이 아니었다. 단지 나는 번화가를 걷고 있었고 사람들은 추위에 어깨를 웅크리고 서둘러 따뜻한 상점 안으로 들어가곤 했으므로 나도 그렇게 했던 것이

다. 상점에는 물건이 산더미처럼 쌓여 있었고, 나에겐 돈이 있었다. 편집자의 배려로 우리는 돈을 받았다. 하지만 K는 돈을 쓰는 것을 원하지 않았다. K는 낡은 양말을 신고 때 묻은 코트를 여전히 입고 있으며 오래되어 목 부분이 늘어진 스웨터를 입고 공원에서 비둘기들에게 던져주는 모이를 살 때만 아주 약간의 돈을 쓰곤 했다. 나는 코트 주머니에 손을 넣었다가 편집자가 건네준 돈을 발견하고는, 갑자기 이 상점 안의 무수한 물건들 중에 마음 내키는 것을 집고 돈을 지불하기만 하면 그 물건이 내 것이 된다는, 아주 신기한 사실을 깨닫고 그것을 시험해보고 싶었던 것이다. K가 만일 묻는다면, 물론 그는 신경 쓰지 않겠지만, 파스텔과 양말은 그를 위해, 그리고 지도와 잼은 나를 위해 샀다고 말할 생각이었다. 다른 것도 원한다면 살 수 있었지만 더이상은 들 수 없었다. 물건을 들고 나는 도심의 카페에서 커피를 마셨다. 테이블에는 누군가가 두고 간 잡지가 있었다. 잡지는 비교적 새것으로, 영화 상영 스케줄에 관한 전문지였다. 시내의 일반 극장, 예술영화 전문 극장, 케이블 텔레비전에서 상영해주는 모든 영화와 그것의 리뷰, 그리고 오페라나 발레와 같은 공연 안내. 나는 커피를 마시면서 그것을 읽었다. 특별히 영화에 흥미가 있어서는 아니었다. 나에게는 영화에 관한 것이든 목공예 혹은 정부 정책에 관한 홍보잡지든 상관없었다. 그러나 영화잡지는 나에게 무엇인가를 상기시켰다.

내 부모는 한때 극장을 가지고 있었다. 조부 때부터 물려받은 것으로 변두리의 그다지 크지 않은 극장이지만 수입은 좋았다. 그들은 수입이 한창 좋았을 때 주변의 극심한 반대를 무릅쓰고 그 극장을 예술영화 전문 상영관으로 만들려고 했다. 그들은 우선 극장 내부를 대대적으로 수리했다. 새 기기를 수입하고 전문 기사를 고용하고 필름 수입 에이전시와 접촉하고 주식회사를 만들 준비를 하고 홍보작업에 들어갔다. 생각보다 엄청나게 많은 돈이 들었고, 게다가 현장에서 인부 한 명이 죽는 사고가 생기고, 소방시설에 관한 문제점이 뒤늦게 발견되어 이미 지었던 부분을 허물고 다시 지어야 했으며, 자재 공급은 원활하게 이루어지지 않고, 도착하는 물건은 언제나 주문한 것과 다르거나 얼마간 모자랐다. 그리하여 본격적인 시작을 해보기도 전에, 예상했던 대로 그 계획은 결국 그들의 전 재산이라고 할 수 있는 극장을 날려버리게 만들었다. 내가 아는 대로라면, 지금 그 극장은 대령의 동생 소유로 되어 있을 것이다. 극장을 처분한 다음 그들은 좀 더 규모가 작은 영화 제작 사업에 투자했다. 그것도 그리 신통치 않았던 것으로 기억한다. 그들이 이혼한 것도 그즈음이었다. 그리고 그들은 광적일 정도로 책을 좋아해서, 평일 저녁식사 후, 흐린 불빛 아래서 단 한마디 말도 없이 깨알 같은 글자가 세로로 인쇄된 누런 종이의 책들을 읽곤 했다. 그들은 많은 책을 가지고 있었고 또 헌책방에서 책 사들이기를 좋아했다. 학교를 그만둔 뒤 처음에 나는 교과서 대신 집에 있는 백과사전을 가지고 공부했으며 M. 일린의 『인간의 역사』를 두 번 읽었다. 그 경험은 교과서보다 나쁘지 않았다. 두번째로 읽은 것은 『러시아 혁명사』였고 계속해서 천문학 시리즈를 다 읽었다. 에브 퀴리의 『마리 스클로도프스카』와 그밖의 시시한 전기류와 그 나이의 소년들을 열광시키는 탐정소설들도 모두 읽었다. 우리는 한마디 말도 없이 그런 식으로 촉수 낮은 흐린 전등에 의지해 책을 읽었다. 잦은 정전으로 전기가 들어오지 않으면 촛불을 켰다. 특히나 겨울에는 방마다 석유 스토브를 켤 수 없었으므로 저녁식사 후 우리는 거실의 스토브 곁에 모여 무릎이 뜨거워질 때까지 책을 읽었다. 내 부모는 간혹 낮은 목소리로 내가 알아들을 수 없는 대화를 하곤 했다. 그러다가 문득 나에게 한마디씩 건넸다. 그들은 그런 방식으로 나에게 이혼 소식을 알렸다.

그러나 주말이면 분위기가 달랐다. 적어도 한 달에 한두 번은 만찬 초대가 있었다. 손님들이 대여섯 명뿐인 보통 주말 저녁에는 그들은 그냥 주방에서 식사를 했다. 겨울이면 주방에 석유 스토브를 켜고 나중에 손님들이 커피를 마실 거실에도

이바나

스토브 불을 피워야 했다. 레코드와 미국제 담배, 그리고 술도 충분히 준비해놓아야 했다. 그런 날은 나는 이층의 내 방에서 창가에 촛불을 켜놓은 채 책을 읽거나 편지를 쓰면서 저녁을 보냈다. 침대 매트리스에 손을 넣어보면 얼음처럼 차가운 것이, 도저히 들어갈 엄두가 나지 않는 추운 날도 있었다. 아래층에서 들려오는 감미로운 음악과 커다란 웃음소리와 명랑한 대화들. 창밖으로는 어둠 속에서 눈송이가 흩날리고 있었다. 촛불이 유리창의 성에를 동그랗게 녹여냈다. 가끔은 열 명도 넘는 손님들이 방문하는 저녁이 있었다. 그러면 임시 가정부가 왔다. 나는 손님들이 도착하기 전에 거실에 테이블을 두 개 붙여서 식당을 만들어야 했다. 그들이 다 들어가기에는 주방이 너무 작았기 때문이다. 옆집에 가서 의자를 빌려와야 할 때도 있었다. 거실을 다 데우려면 스토브 하나로는 부족해서, 이층에 있는 작은 스토브를 하나 더 가지고 내려와야만 했다. 물론 이층에는 나 혼자뿐이었고 나는 대개 스토브 없이 겨울을 났다. 부모들은 형편이 전과 같지 않게 된 이후에도 그런 식의 저녁 모임을 멈추지 않았다. 그들은 책을 좋아하는 것만큼이나 사교를 즐겼다. 그들은 진정으로 선량하고 합리적인 사람들이었다. 일상의 약간의 허세, 감수성이 기초가 된 분방함, 재산을 지켜내지 못한 무책임 등은 사소한 흠집일 뿐이다. 그러다 어느 날 갑자기 폭격을 맞은 것처럼 우리는 산산이 흩어져버리고 만다.

　시내에서 다시 지하철을 타고 또 버스를 탔다. 버스 노선은 변하지 않았다. 그러나 마침내 변두리에 도착했을 때 나는 고속도로가 들어서고 아파트가 지어지는 바람에 그 지역의 모양이 완전히 달라진 것을 알게 되었다. 버스 정류장은 그대로였으나 다른 모든 것은 종잡을 수 없는 모양으로 바뀌어 있었다. 고속도로 진입로 곁에는 큰 도로가 생겼으며 옛날에 가구공장이 있던 자리에는 현대식 오피스텔 건물들이 들어서 있었다. 가구공장 곁에는 개 사육장이 있었으나 지금은 보이지 않았다. 내가 살던 집은 가구공장과 개 사육장 사이로 난 소로를 따라 백 미터쯤 올라간 막다른 골목에 있었다. 그때 집 주변은 옥수수와 콩을 심어놓은 넓은 밭이었다. 밭 주인은 아랫마을 사람이었고 나는 그를 기억하고 있었다. 그러나 지금 밭은 흔적조차 남아 있지 않았다. 대신 산 중턱까지 아파트와 주택이 들어서 있고, 고속도로 진입로를 확장하려는 듯 공사가 부분적으로 진행되고 있었다. 아직 해가 완전히 지지도 않았으나 상점들의 불빛이 휘황했다. 내가 기억하는 상점은 남아 있지 않았다. 새로운 도시계획에 의해 완전히 새로 정비된 듯했다. 아는 사람을 마주치기를 원하지 않았기 때문에 어쩌면 잘된 일인지도 몰랐다. 내 가족들은 마을 사람들과 친하게 지내지 않았으므로, 그리고 마지막에는 모두 전쟁 중에 폭격을 맞은 듯이 뿔뿔이 흩어져버렸으므로, 그다지 좋은 기억을 남기지 못했을 것이다. 그러나 이런 상황이라면 대령의 집 역시 사라져버렸을지도 모른다. 그 집은 내가 살고 있을 때도 꽤 낡은 건물이었다. 난방이 되지 않는 이층짜리 건물. 멋없이 지어진 드넓은 발코니의 황량함, 손질되지 않은 정원의 잡초 더미, 잿빛 돌벽, 녹슨 초록색 대문, 석유 스토브의 온기가 빠져나가던 갈색 격자 창틀, 이런 즈음에 이층에서 내려다보이는 마을의 드문드문한 불빛들, 옥수수밭을 휘돌던 바람 소리, 밤이면 사육장에서 들려오던 개 짖는 소리, 새벽이면 낡은 트럭을 타고 시내로 일하러 나가던 노동자들, 책을 읽기 위해 창가에 켜놓은 양초의 일렁이는 불빛, 그 초에 담뱃불을 붙이던 Y, 이층으로 올라가는 층계참에 걸려 있던 Yja의 그림. 그리고 담벼락을 넘어다니던 커다란 몸집의 길고양이들, 프랑스 여자처럼 짧은 머리에 동그란 눈동자를 하고 베레모를 쓰고 있던, 기껏해야 내 또래로 보이는 여배우, 눈 오는 밤에도 피어 있던 장미들. 표지가 너덜너덜하고 누런 종이에 세로로 인쇄되어 있던 그 많은 책들. 간혹 내 부모는 그들이 밤늦게 외출하거나 여행을 떠나게 되면 Y에게 나를 돌봐줄 것을 부탁하기도 했다.

밭은 사라졌으나 대령의 집은 그 자리에 그대로 있었다. 나는 주소와 위치를 몇 번이고 확인했다. 대령의 집을 제외하고는 뭐 하나 모습을 보존하고 있는 것이 없었기 때문이다. 옥수수밭이 있던 자리는 아파트 단지에 딸린 공원이 되어 있었다. 터무니없이 작기는 하지만 말이다. 내가 의자를 빌리곤 하던 옆집은 방 하나짜리 셋집으로 들어찬 사층 건물로 재건축되어 있었다. 방이 오십 개도 넘어 보였다. 옛날에 옆집은 마당에 풀장이 있어서, 여름에는 나도 그 풀장에 초대받아 간 적이 있었다. 그 집에는 내 또래의 남매가 있었다. 근처에 사는 몇몇의 아이들이 같이 초대를 받았으나 그들이 나에게 과도하게 관심을 보이는 것이 부담스러워 나는 다시는 놀러 가지 않았다. 그들은 내가 여자처럼 머리를 기르고, 학교에 다니지 않아도 된다는 것에 놀라움과 호기심을 표시했다. 지금 그 풀장은 메워지고 주차장이 들어서 있었다. 집 뒤로는 축대가 있고 그 축대 아래로 전부 옥수수밭이었으나 지금은 놀랍게도 모두 도로로 바뀐데다 고속도로가 바로 집 뒤를 지나고 있었다. 이제 이층의 창을 열면 옥수수밭의 바람과 길고양이의 떼울음 대신 눈앞에 가로놓인 거대하고 시커먼 구조물들과 대형 트럭의 소음을 들을 수 있을 것이다. 나는 문패에 적힌 대령의 이름을 읽었다. 어쨌든 대령은 이곳에 그대로 살고 있는 것이다. 그는 어째서 내 편지에 답장을 하지 않았을까. 어쩌면 지하실의 서류와 책과 잡다한 서류가 든 종이상자와 트렁크 등의 짐을 모두 버려버렸을지도 모른다. 그렇다면 대령은 나를 환영하지 않을 것이다. 처음부터 그가 나를 환영해야 할 이유 같은 것은 없었다. 그러나 나는 초인종을 눌렀다.

네번째에 가서야 집 안에서 인기척이 났다. 나는 집이 비었다고 생각하는 중이었다. 현관문이 끼이익 열리는 소리가 나고 누군가 신발을 질질 끌면서 마당을 지나쳐오는 중이었다. 그리고 마침내 옛날보다 녹이 더 심해진 초록빛 대문에 입술을 대고, 누구냐고 물었다. 쉿소리 나는 노인의 목소리였다. 나는 대령을 만나기 위해 왔다고 했다.

대령은 없어.

쉿소리는 짧게 대꾸했다.

전 대령님에게 할 말이 있습니다. 언제 찾아오면 만날 수 있을까요?

대령은 휴가 중이야. 언제 올지는 나도 몰라.

그렇다면 대령님에게 직접 연락할 수는?

그가 어디 있는지 알 게 뭐야.

그러면 대령님에게 저의 연락처를 남기고 싶습니다. 제 이름은……

나는 재빠르게 내 이름을 말하면서 메모지에 이름과 주소를 적었다. 그리고 그것을 문틈으로 밀어넣었다. 아마 대령은 휴가를 떠나지 않았을 것이고, 나에게 연락하지도 않겠지만 나는 아주 적은 확률에라도 매달리고 싶었다.

이렇게 해봤자 아무 소용 없어, 젊은이. 대령은 사람을 피해……

저는 단지 제 짐이 그대로 있는지 어떤지를 알고 싶은 것뿐입니다.

흥, 다들 처음에는 그렇게 말하지.

저는 대령님이 이곳에 살기 전에 여기 살았습니다. 제 짐의 일부가 여기 지하실에 남아 있을 텐데요.

정말인가?

쇳소리는 의심스럽다는 듯 물었다. 분명히 문틈으로 내 모습을 훔쳐보고 있을 것이다.

저는 여기 살던 김○○씨의 가족입니다.

그렇다면 자네가 저 아래 큰길 극장의 예전 주인이었단 말이지? 거짓말하면 경찰을 부를 테다.

제가 아니라 제 아버지가 주인이었죠. 그러나 지금은 아닙니다.

당연하지. 지금은 대령이 가지고 있으니까.

그러면서 쇳소리는 캑캑 웃었다.

그렇게 된 거로군. 나는 이해할 수 있었다.

자, 이제 제 짐을 찾을 수 있는지 대령님에게 물어봐주시겠어요? 대답만 해주시면 귀찮게 하지 않고 조용히 짐을 가지고 사라지겠습니다.

내가 말했잖아. 대령은 집에 없다고.

쇳소리는 문을 철컥 열었다.

자네가 김○○씨의 아들이라고?

쇳소리의 노인은 실제로 보니 목소리만큼 늙지는 않았다. 그는 한쪽 눈에 안대를 한 남자였는데, 아직 노인이라고 불리기에는 이른 나이인 듯 보였다. 그러나 그의 목소리는 마치 마법사가 공포를 불러일으키기 위해 위장하는 것처럼 나이들어 있었다.

정말로 김○○씨의 아들인가?

거짓말을 할 이유가 없지 않습니까? 전 글을 쓰고 있어요. 글을 쓰기 위해 과거의 기록들이 좀 필요합니다. 그래서 찾아온 거죠. 제 짐들이 그대로 있는지 아니면 달리 처분되었는지 그것만이라도 알 수 없습니까? 만일 그대로 있다면 대령에게 편지를 써서 제 짐을 가져가고 싶다고 할 생각입니다. 만일 처분되었다면, 혹시 다른 곳에 옮겨놓았는지 아니면 그대로 청소업자에게 주었는지 알고 싶기도 해요. 방법만 있다면 어떻게든 제 짐을 찾고 싶고, 그것이 가능한지 어떤지 우선 알고 싶습니다.

자네가 글을 쓴다고? 이상한 일이지. 김○○씨의 아내도 글을 쓰고 싶어했어. 물론 결혼하기 전의 일이지만.

어머니가 글을 쓰고 싶어했다고요? 저는 모르는 일입니다.

무심코 대답한 다음, 나는 아버지의 새 부인에 대해 말하는 것일지도 모른다는 생각에 입을 다물었다. 그러나 안대의 남자는 계속했다.

그래, 자네 어머니 말이야.

제 어머니를 아시나요?

안다고 할 수는 없지. 일천구백팔십오년에 몇 번 만났을 뿐이니까. 대령의 집에서. 그때 그들에게 아들이 하나 있다는 말을 들었어. 부적응아 진단을 받고 집에서 책만 읽으면서 시간을 보낸다고 하더니만, 결국 글을 쓰게 되었군.

혹시 대령님에게 연락할 수 있는 방법이 없을까요?

없어. 대령은 자신의 연락처를 절대로 가르쳐주지 않아.

그리고 안대의 남자는 덧붙였다.

요즘은 방문하는 사람도 없고 아무도 대령을 찾지도 않지만 말이야. 일천구백팔십이년에서 팔십오년까지는 그를 만나고 싫어하는 사람이 아주 많았지……

 그는 안대를 하지 않은 눈을 가늘게 뜨고 뭔가를 생각해내려는 듯했다.

 그러면 혹시 알고 계시다면 말씀해주실 수 있습니까? 지하실의 짐이 어떻게 되었는지?

 지하실의 짐 따위와 나는 아무 상관이 없어. 당연하지 않은가.

 그는 자신의 회상이 방해받자 버럭 화를 냈다.

 정말 알고 싶다면 다음 주에 찾아와. 아니 오 일 뒤에. 혹시 대령이 연락해오면 내가 대신해서 물어볼 수 있으니까.

 오 일은 너무 길군요.

 그러면 삼 일. 더이상은 안 돼. 절대로 불가능한 일이야. 대령은 그것들을 모두 불태워버렸으니 말이야.

 뭐라고요?

 불태워버렸을지도 모른다는 뜻이야.

 편지들, 편지들도 말입니까?

 난 아무것도 몰라. 난 그냥 관리인일 뿐이야. 젊은이들은 자신이 죽을 날이 멀었다고 생각해서 쓸데없는 일에 호기심이 많고 아무 곳에나 발을 걸치기를 좋아하더군.

 삼 일 뒤에 오겠습니다.

40

K는 잠들어 있었다. 이불로 몸을 동그랗게 말고 머리를 매트리스 바닥에 딱 붙이고 추위에 떠는 사람처럼 주먹을 꼭 쥔 채 이를 악물고 있었다. 도시로 돌아온 다음에는 K가 이렇게 이른 시간부터 잠든 것을 본 적이 없다. 숨소리도 내지 않고 죽은 듯이 잠든 것이다. 며칠간 K는 날이 밝을 때에야 잠자리에 들었다가 오전이 다 지날 때까지 잠들지 못하곤 했다. 그러고는 아주 잠시 잠이 들었다가 거리의 소음에 다시 깨버리곤 했다. 나는 그의 잠을 방해하지 않기 위해 소리를 죽이고 움직였다. 주방으로 가서 불을 켜고 냉장고의 우유를 꺼내 마셨다. 사가지고 온 물건들을 주방 바닥에 펼쳐놓았다. 언젠가 K가 이것을 보게 되리라. 주방의 의자에 앉아 나는 원고를 쓰기 시작했다.

41

가을이었다. 내려다보이는 도시는 풀 한 포기 없이 메말랐지만 철공소의 불빛 같은 태양이 고속도로 저편으로 기울면서

이바나

분명한 가을의 저녁빛을 전해주었다. 비행기가 낮게 날았다. 벽돌과 집들과 담장들은 모두 그 본래의 색을 알아볼 수 없게 완전히 먼지투성이였다. 고속도로에서 날아오는 먼지들로 유리창이 검게 변했다. 대기는 거대한 풍뎅이가 붕붕거리는 듯한 소음에 둘러싸여 있었다. 대령은 땅을 파라고 명령했다. 남자들은 모두 삽을 들고 있었다. 잔디가 말라 죽어버리고 잡초만 무성한 마당이었다. 그들은 땅바닥에 침을 뱉은 다음, 아무 말 없이 명령에 따랐다. 흙은 부드럽지 않고 잔돌들과 풀뿌리들이 어지럽게 엉켜 있는 단단하고 메마른 땅이었다. 그러나 그들은 모두 열심히 일했다. 깊은 곳의 흙은 축축하고 시커멓고 비린내와 기름 냄새가 났다. 그들은 더이상 팔 수 없을 때까지 땅을 팠다. 속셔츠만 입고 있으면서도 그들은 모두 땀을 흘렸다. 땅을 파는 일은 그만큼 힘이 들었다. 땅 파는 일이 끝나자 대령은 마당 한 켠에 모아둔, 지하실에서 꺼내온 종이뭉치와 헌 잡지들과 앨범과 편지가 담긴 종이상자들을 모두 구덩이에 몰아넣도록 했다. 서류봉투 속에 담긴 사진이나 누렇게 색이 바랜 노트와 여백에 글자가 가득한 시집들도 마찬가지였다. 먼지가 풀썩였다. 가끔씩 타이어 냄새가 강한, 구역질 나는 바람이 불어오면 마당에는 먼지가 일어 가까이 있는 사람의 얼굴이 보이지 않을 정도였다. 그리고 나서 그들은 그 위로 석유를 부었다.

마지막으로 대령이 불을 붙이라고 명령하자 그들 중의 한 사람이 성냥불을 가져다대고 물러났다. 건조한 날이었다. 석유가 스며든 묵은 종이들은 낙엽처럼 타올랐다. 바람이 불 때마다 검은 재가 하늘로 날렸고 그들은 불이 번지지 않게 흙을 한 삽 퍼넣었다. 그들은 이미 시효가 지난 낡은 문서들이 마지막 한 조각까지 완전히 사라졌나 확인하기 위해 오랫동안 그 불구덩이를 지키고 있었다.

42

잠과 죽음이 어째서 다를 수 있는지, 우리는 이해하지 못한다. 말할 수 있는 자는 아무도 감히 죽음을 겪어보지 못했다. 시간이 많이 흐른 다음, 나는 프라하의 어느 호텔 방에서 새벽 두시부터 여섯시까지 네 시간 동안 세 가지의 생생한 악몽에 시달리다 잠에서 깼다. 현실처럼 생생한 악몽이었다. 거리는 아직 어두웠다. 내 방에서는 불빛이 비치는 경사진 광장이 내려다보였다. 겨울이었고 눈이 내렸다. 천장이 높은 방에는 얼음장 같은 냉기가 흘렀다. 내 심장은 곤두박질치며 두근거렸다. 잠에서 깨어나지 못했다면 나는 죽었을 것이다. 잠은 일

이바나

시적인 죽음과 같다. 잠은, 따뜻하고 깊은 밤의 바다에 나를 놓아준다. 나는 호흡할 수 있고 하늘에는 달과 별이 빛난다. 그때 검은 두건을 쓴 왕이 말을 타고 바다 위를 달려간다. 나는 그의 얼굴을 보지 못했다. 단지 그가 휘두르는 검이 일으키는 선뜩한 찰나만을 느꼈을 뿐이다. 내 목이 잘려나가는 차갑고 냉정한 순간, 잠시 시간이 흐른 뒤에, 섬세한 상처에서 가늘게 배어나오기 시작하는 핏줄기. 그리하여 의식은 점점 더 깊은 곳으로, 점점 더 빠르게, 더 먼 바다로 떠나간다. 나는 내 잠을 통해 내가 아는 사람들이 이미 겪은 죽음을 체험한다. 그들의 영혼이 굴복해버린 죽음. 그 무엇보다 강하므로 숭배하지 않을 수 없는 죽음을. 결코 돌아오지 않는 여행, 끝나지 않는 사랑과 같은 죽음을.

 잠을 통해 그들의 죽음에 접근해보고자 하는 내 욕구는, 그해 겨울 프라하에서 절정에 이르렀다. 죽음은 그 순간 이 도시를 유랑하고 있었고 우연히 나는 그곳에 있었던 것이다. 다른 곳으로 사라지기 전에 나는 죽음을 만나야 했다. 나는 어두운 밤의 뒷골목들을 따라 걸었다. 결코 열리지 않았던 먼지투성이 둥그런 쇠 손잡이가 달린 높은 대문들, 골목을 돌아가면 갑자기 나타나는 막다른 길들, 대낮에도 어두운 아치형의 성벽 통로, 벽에 쓰여진 판독할 수 없는 낙서에서 나는 죽음이 주는 암시를 이해하기 위해 애썼다. 때로 잿빛 연기가 하늘의 어느 구멍으로 빠르게 빨려올라가는 것을 보았다. 나는 부다페스트로 가는 기차를 타지 않았다. 나는 더이상 아무 곳에도 갈 생각이 없었다. 마침내 나는 어느 밤, 성벽 뒤에서 거대한 모습으로 나를 내려다보는 검은 두건의 죽음을 보았다. 내가 지금까지 프라하의 밤하늘이라고 생각하면서 올려다보았던 성벽 뒤의 어두운 하늘은 결국 죽음의 검은 두건이었던 것이다. 그것은 내가 잠이라고 생각하며 빠져들었던 그것과 같았다. 나는 그 이름을 불렀다.

 그후에도 나는 계속해서 살아 있었으나, 나의 어느 부분은 이미 종말을 맞이했다. 내 죽음을 그곳에 두고 온 것이다. 달 없이 흐린 밤, 살갗이 뜯겨나갈 듯 세찬 눈보라가 불어온다. 창들은 어둡고 촛불은 꺼졌다. 나는 걷고 또 걷는다. 경사진 구시가지의 알 수 없는 작은 골목들을 헤매다가 푸른 광장의 모퉁이에 이르면, 높은 벽 위에 아는 사람의 데스마스크가 나를 내려다보고 있다.

43

 K가 나를 흔들었다. 내가 알지 못하는 사이에 그는 잠에서 깨어나 있었다. K는 조금의 소리도 내지 않고 마루를 걸었다. 그는 나에게도 소리를 내지 말라는 신호를 보냈다. 집 안의 불빛은 주방을 제외하고는 모두 꺼져 있었다. K는 커튼도 없는 창가로 다가가 밖을 내다보았다. 먼지와 어둠이 뒤엉킨 공기가 부유하고 있는 밤이었다. 그 사이로 흰 곰팡이처럼 피어 있는 무표정한 불빛들이 보였다.

 K의 말로는, 얼핏 잠이 들었는데 발소리를 들었다고 했다. 집 안에서 들리는 발소리였다. 처음에는 내가 돌아다니는 소리인 줄 알았다고 한다. 그러나 나는 그런 발소리를 내지 않는다. 게다가 도둑처럼 조심스러워하는 꼴이라니. 사람의 희미한 그림자가 창가를 천천히 지나갔다. 들키지 않으려고 아주 조심스러워하는 태도였다. K는 도둑이라고 생각했다. 아마도 K가 문을 잠그지 않았거나 내가 주의하지 않은 것이다. K는 자는 척하고 있었다. 우리는 돈을 주방의 찬장에 놓아두고 있었다. 그러나 도둑은 돈을 찾는 사람처럼 보이지는 않았다. 그는 빛이 새어나가지 않는 만년필 모양의 램프를 가지고 있었는데, 그것으로 무엇인가를 확인하려는 듯 보였다. K는 소리를 질러야겠

다고 생각했다. 도둑은 한 명뿐이었고 무기라고 할 만한 것을 가지고 있지 않았던 것이다. 그러나 도둑의 램프가 K의 얼굴을 비추었을 때 K는 공포로 혀가 굳어버렸다. 마침내 K가 소리를 지르려 했을 때 도둑은 흔적도 없이 사라져버렸다.

나는 현관문을 살펴보았다. 그것은 잠겨 있었다. 열렸던 흔적은 없었다. 창문들도 마찬가지였고 돈이 들어 있는 찬장의 서랍도 누군가 건드린 흔적은 없었다. 집 안의 어느 것에도 손을 댄 흔적이 없었다. 현관문은 내가 들어온 뒤 분명히 잠갔고, 계속 잠겨 있었다. 열쇠는 내 코트 주머니 속에 든 채 옷장에 걸려 있었다. 나중에 찾아낸 K의 열쇠는 유리로 된 담배 케이스 속에 들어 있었는데, 담배 케이스는 먼지투성이 머리솔과 함께 사용하지 않는 욕조에서 뒹굴고 있었다. 도둑은 들어올 수 없었다. K는 꿈을 현실과 혼동했거나 아니면 거짓말을 하고 있음이 분명했다.

여긴 아무도 들어올 수 없어. 너도 봤지?

나는 K를 진정시켰다.

하지만 난 분명히 보았어. 꿈이 아니야.

설사 그랬다 할지라도, 지금은 봐, 우리 모두 안전해. 나는 이렇게 문을 잠글 거고, 누구도 여기 들어오지 못해. 너무 당연한 일이야. 이제 잠들 수 있겠어?

아니야, 그렇지 않을 거야. 그들은 전문적인 사람들이기 때문에 이런 식으로 해서는 막지 못해. 조금 전에도 흔적도 없이 들어왔다가 마치 거짓말처럼 사라져버렸잖아.

그냥 좀도둑일 뿐이야. 설사 들어왔다고 해도 말이지.

너는 왜 내 말을 하나도 믿지 않는 거지?

나는 그런 적 없어.

너는 아마 내가 환각을 보았다고 생각하겠지만 아니야. 그때 너는 돼지처럼 코를 골면서 자고 있었어.

진정해, K. 꿈을 꾸었을 수도 있어. 흔히 있는 일이잖아.

그럴 리 없어. 조금 전도 지금도 너무나 생생해. 난 너무 일찍 잠이 들었어. 그래서 빨리 일어날 수 있었던 거야.

지금은 집 안에 아무도 없어. 그렇지? 그러니 이제부터는 그런 생각을 하지 말아. 그리고 그런 일이 있었는데도 내가 잠을 깨지 않았다는 것이 이상하군.

여러 번 말했잖아…… 그들은 전문가들이야.

'그들'이 누구지?

난 그들을 알아.

……

그들, 사무실에서 보낸 사람들이야. 내가 그들을 속인 것을 알아차린 거야.

K, 그건 지나친 생각이야.

너는 왜 내가 그것을 모를 거라고 생각하니? 나는 그런 종류의 일을 해봐서 잘 알고 있어. 이번에는 내가 혐의자가 된 거야.

너는 이제 그곳에서 일하지 않아.

나는 그곳에서 일하면서 돈을 받았어. 그들은 그 일을 결코 잊지 않을 거야. 그들은 나에게 은혜를 베풀지 않아. 그러므로 나를 잊어주지 않을 것이 분명해.

그만하지 못하겠어? 계속한다면 화를 내겠어. K, 너는 지금 지독한 바보야. 굳이 내가 깨우쳐주지 않아도 스스로 그걸 알아야 해.

너는 절대로 알지 못해.

K, 너를 이해하려고 언제나 노력해왔어. 하지만 이런 일은 절대로 이해할 수 없어.

나는, 비록 긍정하지는 않지만, 네가 원고를 쓰고 싶어하는 욕심을 이해해.

……

그런데 너는 나에 대해 조금도 이해하려 하지 않아. 우리는 과연 서로 잘 알고 있는 것일까?

K, 그건 다른 얘기야.

너는 공명심 덩어리야. 너의 공명심이 나를 죽일 거야. 너도 그것을 잘 알고 있으면서 가만히 있는 거야. 그렇지?

K는 몸을 돌리고 걸어갔다. 나는 그를 불렀다.
K.
대답이 없었다.
우리는 내일 떠나.
그가 돌아보았다.
이제 정말로 시작하는 거야. 우리, 네가 원한다면 영원히 돌아오지 않겠어.
원고는? 너의 이름은? 명예를 얻고 싶어하지 않았어?
이건 결국 아무것도 아닌 거야. 거짓의 발버둥이야.
나는 원고를 집어 주방의 쓰레기통 속으로 처넣었다.
왜 갑자기 마음이 바뀐 거지?
처음부터 난 그렇게 할 생각이었어.

44

K는 잘못 본 것이다. 나는 공명심이 강한 사람이 못 되었다.

K에게 그렇게 보였다면 그것은 K가 편견을 가지고 있었던 때문이다. 도시로 돌아온 다음 그는 눈에 띄게 초조해하고, 겁을 먹고 의심에 휩싸이곤 했다. 어쩌면 약기운 때문인지도 몰랐다. 그는 여러 가지 종류의 기침약을 섞어서 먹곤 했다. 그러지 않으면 조금도 잠들 수 없다고 했다.

나는 지금도 K의 비사교성을 찬미한다. 그런 아름다움을 지녔으면서, 또한 그런 강박에 가까운 성실함을 타고났으면서, 동시에 절대 화해가 안 되는 비사교성을 마지막까지 유지하기란 쉬운 일이 아니다. 대개의 경우 내부의 자기 모순으로 인해 얼치기 배우로 전락하고 말 것이다.

다음 날 내가 눈을 떴을 때, K는 길 건너편의 카페에 앉아 있다. 출근하는 사람들에게 아침식사를 파는 카페이다. 그는 마치 여름인 것처럼 큼직한 선글라스를 쓰고 흰 털모자를 썼으므로 멀리서도 눈에 띄었다. 그는 두 잔째의 커피를 마시고 있다. 신문을 손에 들고는 있었지만 조금도 읽지 않은 것이 분명하다. 단지 시선을 감추기 위해, 타인의 시선을 차단하기 위해 들고 있을 뿐이다. 커피를 마시면 잠을 잘 수 없으리라는 것을 잘 알고 있지만 도저히 마시지 않을 수가 없다. K의 겉옷 안주머니에는 MD 플레이어가 있다. 그리고 그의 손가방에는 여권이, 지갑 안에는 이바나의 키가 들어 있다. 내가 마지막으로 본 장면은, K가 눈에 띄게 초조해하면서 커피를 마저 마시고 자리에서 일어서다가 테이블 위의 빈 잔을 바닥에 떨어뜨렸으며 카페를 나온 다음 오만한 걸음걸이로 왼편으로 반듯하게 걸어가다가, 한참 뒤에 당황한 듯이 다시 돌아와 반대방향으로, 역으로 가는 오른편 길로 걸어가는 모습이었다.

나는 서둘러 셔츠를 입고, 집을 나와, 그를 조금이라도 더 보기 위해 역으로 가는 길로 걸었다. 출근시간이어서 역으로 가는 길에는 한 손에 샌드위치를 든 학생들, 불안한 낯빛으로 머리를 매만지며 걷는 마흔 살가량의 여자들, 아이를 등교시키려는 사람들, 사무실로 출근해야 하는 사무 노동자들과 하급 경영자들로 초만원을 이루고 있었다. 그들을 밀치면서 달려가기란 쉬운 일이 아니었다. 그들은 회색 파도였다. 간신히 역에 도착해서도 나는 K를 발견할 수 없었다. 역은 환승역이었고 그가 어느 방향으로 가는 열차를 탔는지 알 수 없었다.

K는 열차를 타지 않고 택시를 타고 부두로 갔을 수도 있다. 아니면 이바나를 직접 몰고 떠났을지도 모른다. 그러나 이바나는, 그 상태로 바로 여행을 떠날 수는 없었다. 정비가 필요한 상태였다. K도 그것을 알고 있었다. 그러나 절대적으로 먼 길

을 떠나는 K는 도리어 그것에 신경쓰지 않았을지도 모른다.

45

나는 그후 다시는 대령을 찾아가지 않았다. 대령이 아무도 만나고 싶어하지 않을 뿐 아니라, 내 서류들을 모두 불태워버렸다는 것을 알게 되었기 때문이다. 내 기억이 선명하지는 않지만 아마도 그가 불태워버린 것은, 지금은 아무런 도움도 되지 않는 쓸모없는 잡동사니와 이미 희미하게 변색되고 누렇게 얼룩이 져버린 오래된 사진이 든 종이상자들일 것이다. 저녁식사에 초대받은 사람들의 웃음소리, 그들이 동반한 여자 손님들의 멋진 모습들, 전축에 걸어놓은 레코드에서 흘러나오는 잡음 섞인 〈카르멘〉의 아리아, 그런 아련한 소음들 속에서 불이 켜지지 않은 이층의 서재를 더듬거리며 책장을 뒤지는 내 손, 두꺼운 책 표지 사이에 넣어둔 Y의 사진과 편지, 바닐라 향을 넣은 케이크를, 손님들이 후식으로 먹다 남은 그것을 주방에서 찾아내어 살짝 가지고 올라와 먹던 고요한 저녁식사의 기록들, 임시 가정부는 너무도 바빠 나에게는 조금도 신경쓰지 못했다. 화장실을 찾아 이층까지 올라온 사람들은 나와 마주치면 대범

하게 보이려고 어깨를 으쓱거리고 일부러 크게 웃음을 터뜨리곤 했다.

네가 바로 김○○씨의 아들이구나.

그들과 마주치지 않기 위해 나는 전기가 들어오는 날에도 일부러 이층 방의 불을 켜지 않곤 했다. 대령을 굳이 다시 찾아가지 않은 것은, 그가 불러일으킬지도 모르는 이런 회상을 그다지 내가 원하지 않았기 때문이었다. 대령 또한 원하지 않기는 마찬가지일 것으로 생각된다. 지금은 몰락한 전 극장주의 아들이 그에게 상기시키는 기억들을.

그러나 나는 한 달 정도 시간이 흐른 다음에 대령으로부터, 정확히 말하면 대령의 집 관리인으로부터 편지를 받았다. 그는 김○○씨의 아들에게 말하기를, 당신이 원하는 것은 대부분 없어졌으나 당시 불타다 남은 책갈피 사이에서 한 장의 편지가 발견되었는데 그것을 가지고 있으니 원한다면 당신에게 그것을 주겠다, 고 했다. 그리고 덧붙이기를, 편지의 발신자는 쓰여 있지 않으나 여백에는 펜으로 스케치가 되어 있고 사인이 되어 있다고 했다.

46

나는, 쓴다.
이미 사라져버렸으나, 여전히 지배하고 있는 것들에 대하여.

47

두 사람의 사랑의 기록에는 암흑의 부분이 너무 많다. 그들은 서로 알 수 없었던 일들의 내막에 관하여 대화를 원하지 않았고, 그리고 이미 그들의 관계가 종말을 고한 뒤에 말은 더욱 의미가 없다. 이제 그들은 사라지는 뒷모습이나 그림자 혹은 발자국, 마시다 남은 커피잔과 한때 모자가 걸려 있던 자리 정도로만 남는다. 두 사람이 무대에서 동시에 사라지는 일은 거의 없다. 이럴 때 개인은 개별적인 우주가 되어 고유한 자신만의 시계를 갖는다. 그러므로 각자의 시차는 어쩔 수 없다.

은밀한 방에서, 한 사람이 나온다. 모자를 고쳐 쓰고 바람 부는 좁은 골목으로 사라진다. 그는 사라지는 것 말고 어떠한 일도 할 필요가 없다. 혼자 남은 나머지 사람이 나오기까지의 시간은 지상의 가장 고독한 순간이다. 그러나 그 은밀한 방에서 홀로 남은 사람이 무엇을 생각하는지 아무도 알 수 없다. 이윽고 두번째 사람이 걸어나온다. 그는 문을 잠근다. 그들의 사랑을 감금한다. 지나간 시간은 유령이 되어 그들의 비밀 안에 머문다. 그러므로 두번째 사람은 유령과 동침의 시간을 갖는다.

48

나는 마흔일곱 살이다.

이것이 Y, 혹은 관자의 말이다.

마흔일곱 살의 Y는 맨살에 닿는 빛을 두려워한다. 나에게는 말하지 않았으나, Y는 죽음의 자리를 찾아 떠난 것이다. 그리고 그 자리는 내가 있는 곳이 아니었다. Y는 자신이 할 수 있는 한 최선을 다해 용감하게 세상과 맞섰으니 아무도 Y를 비난할 수는 없다. 단지, Y는 마흔일곱 살이었을 뿐이다.

그토록 탈사회적인 사랑이 단순히 물리적인 시간에 저항하지 못했다는 것은 허무하고도 이상한 일이다. Y의 피부가, Y의 시선이, 파도 사이로 사라져버린 Y의 스카프가 말한다. Y는 죽음 혹은 그것을 준비하는 시간을 나와 공유하기를 원하지 않았다. Y는 노년의 삶의 방식으로 자발적인 고독을 선택했다.

그래서 나는 아무도 없는 해안으로 밀려났다. Y가 나를 밀어내기 전까지 나는 탄생 이전이나 다름없었다. 나는 온 존재와 욕망을 거기에 의존하고 있다가 갑자기, 아무런 설명도 없이 유방을 어루만질 자격을 박탈당한 수유기의 동물과 같았다.

단지, 항구의 여관집 주인이 우리의 숙박을 허용하지 않았기 때문에, 해변의 카페에서 여러 사람이 있는 자리에서 내가 Y에게 입맞추는 것을 불편하게 생각했기 때문에, 낯선 장소에서 잠을 자기 위해서는 우리의 관계를 캐묻는 질문과 항상 마주쳤기 때문에, 그리고 혹은 내가 아버지를 닮았기 때문에, 지나치게 젊은 내 사랑을 불안하게 생각했기 때문에, 그리하여 Y가 문득 노쇠와 사랑이, 질서와 매혹이 양립할 수 없음을 깨닫고 서둘러 종종걸음으로 주인집으로 돌아가는 가정부처럼 타인들을 흉내내는 것으로 유지되는 공동체로 돌아간 것이라면, Y는 경멸의 대상일 것이다.

그러나 Y는 돌아간 것이 아니다. Y는 마을로 달아난 가정부가 아니라 단지 무사가 자신을 버리는 것과 마찬가지로 주저하지 않고 고독을 선택한 것뿐이므로, 나는 기꺼이 내 상실을 제단에 바친다.

49

 자신을 버린다는 것은 줄의 맨 뒤로 가서 선다는 의미가 아니다. 그것은 줄 밖으로 완전히 빠져나오는 것을 뜻한다. 줄이란 질서이고 질서는 개인의 욕망 때문에 필요해진 것이다. 사로잡힌 경험의 기억은, 자신을 버리는 것과 닮아 있다. 그들은 한때, 아는 사람이 없는 방식으로 살기를 원했던 것이다. 방으로 들어가 은밀히 문을 닫고, 비밀을 가진다. 그들은 그럼으로써 발생되는 속도로부터의 이탈이나 낙오를 두려워하지 않는다. 자신을 버린다는 것은 모든 불이익에 대해 무감각해지겠다는 것을 포함한다. 그것은 결코 이타적이라는 뜻이 아니다. 윤리적인 목적을 가진 행위는 어느 한 개인의 영혼을 붙잡아두지 못한다. 대상을 매혹시키는 것은 비밀 그 자체이다. 그들은 그것을 위해 비싼 대가를 지불한다.

50

 B는 문을 열고 안으로 들어간다. 그곳은 회랑이다. 아름다우나 낡았다. 벽에 그려진 그림들 위로 섬세한 거미줄이 더께를

치고 널려 있다. 의자의 비단은 찢어진 채 쿠션의 솜뭉치가 비어져나와 있다. 가느다랗게 틈새가 난 덧창으로 저녁빛의 빈약한 막이 한 겹, 회랑을 너울거린다. 그리고 기둥을 돌아가면 그곳은 문으로 분리되지 않은, 또 다른 방이다. 이곳은 오래된 호텔이므로, 셀 수도 없이 많은 여행자들이 회랑에 면한 이 방에서 묵었을 것이다. 그곳에는 손을 씻는 금속 세면대, 정교한 세공의 수건걸이, 역시 문이 달려 있지 않은 옷장, 그리고 창가에 짙은색 호두나무로 만든 침대가 있다. 길고 좁은 창에는 색유리가 끼워져 있으나 먼지 때문에 유리의 색은 거무스름하고 선명하지가 않다. B는 이 방이 호화롭다고 생각한다. 색유리의 창과 천장 때문이다. 방 귀퉁이의 기둥으로 지탱되는 천장은 높이가 사 미터도 넘어 보인다. 샹들리에는 검소했으나 천장에는 벽화가 그려져 있었다. 놀라운 일이다. 하룻밤에 이십오 달러 하는 게스트하우스의 천장에 벽화라니 말이다. 벽화는 중세의 도시 풍경을 묘사한 것이다. 도시의 하늘 위로 여사제가 팔을 뻗고, 외부의 적에게서 보호하려는 듯 도시를 감싸안으려 하는 동작을 취하고 있다. 여사제는 등을 돌리고 있었다. 도시의 구시가지 거리 풍경이 비교적 세밀하게 묘사되어 있었다. 교회와 성, 다리와 우물 그리고 좁은 길과 경사진 광장. 과거에는 저런 그림을 그대로 지도로 썼을 것이다.

이바나

　방 안에는 거미줄은 없었으나 하나뿐인 수도꼭지에서는 찬물밖에 나오지 않았다. 색유리의 창은 검은 때와 먼지 때문에 밖을 내다볼 수 없었고 무엇보다 결정적인 것은 방 안이 한겨울 광장만큼 추웠다. 바람이 벽과 창 틈으로 몰아쳐들어왔다. 바닥에는 장미색 카펫이 깔려 있었으나 슬리퍼는 없었다. B는 우울하게 침대에 몸을 눕힌다. 그는 몸을 몇 번 뒤척이며 조금이라도 더 따뜻하게 느껴지는 자세를 찾으려 한다. 그런 식으로 B는 오래 누워 있었다. 해가 완전히 졌다. 시계가 없으므로 시간을 알 수 없으나 이미 어두워진 지 한참이나 지났다. 그는 천장의 그림을 보고 있었다. 샹들리에의 불빛은 희미했다. B는 가방 속에서 『그리스인 조르바』를 꺼내 읽으려 했으나 너무 어두운 불빛 때문에 머리가 아파왔다. 회랑 쪽에서는 규칙적으로 바람이 불어왔다. 오래된 건물에서 나는 그런 바람 소리다. B는 똑바로 누워 천장을 바라보고 있었다. 너무 추웠으므로 B는 겉옷조차 벗을 수가 없었다. 옷을 벗었다가는 분명히 열이 나겠지. B는 이렇게 생각한다. B는 계속해서 천장을 쳐다보고 있다. B가 그것을 바라보고 있는 도중에 천장 벽화의 여사제가 B에게 얼굴을 돌렸다. B는 그 얼굴을 알아본다. 그들은 서로를 발견하는 데 어떠한 목소리도 필요로 하지 않았다.
　그들은 눈물로 무거워진 눈을 내리깔았다.

침묵.

 죽어야 한다면, 언젠가 한 번은 당연한 일이겠지만, 그 장소는 절대적으로 자신이 태어나고 자란, 그런 곳이 아니어야 한다. 길 위에서 죽어야 한다면 행려병자도 좋다. 서류가 부족한 낯선 외국인들을 수용하는 수용소나 정체불명의 부랑자들을 집어넣는 감옥이나 혹은 운이 좋다면 높은 천장에 벽화가 그려져 있는, 지독하게 낡은 호텔의 이층 방이라도 상관없다. 난방이 되지 않으므로 추위는 참아야 한다. 마지막으로 담배를 피워도 좋다.
 이바나도 그렇게 죽었을 것이므로.

작가의 말

  나는 아주 예민한 감각의 소유자는 아닌 것 같고, 특히 어떤 상황에서는 매우 둔한 편에 가깝다. 음식을 예로 들자면 아무리 훌륭한 레스토랑이라도 기꺼이 포기하고 형편없는 맛일지라도 개인적인 환경에서 식사하기를 선호한다. 음악에 대해서도 마찬가지다. 글을 쓰는 행위와 관련하여 말한다면, 나는 일정 기간 한 음악만을 계속해서 듣는 편이다. 어떤 글을 쓰기 시작하는 시점부터 마지막까지 그렇다. 예를 들자면 『철수』를 쓸 때 〈Barefoot〉을 천 번도 넘게 들었을 것이다. 나는 언제나 음악을, 혼자서 듣기에 적당한 볼륨으로, 즉 좀 크게, 아니 예민한 사람에게는 너무 크게 하루 종일 틀어놓고 생활하고, 그리고 그것을 쓰는 데 아마도 두 달은 걸렸을 것이므로. 〈Barefoot〉은 영화 〈Salmonberries〉의 OST로 들어가 있는 것이 가장 아름답다. 그러나 텔레비전 영화를 보고 싶으면 음악의 볼륨을 좀 줄이고 텔레비전의 볼륨을 좀 키우면 된다. 즉 말 그대로 하루 종일 음악을 듣는다는 것은 생활에 아무런 문제를 일으키지 않는다는 뜻이다. 같은 음악을 끊지 않고 천 번을 듣는다는 것은, 세련된 감각을 가진 사람들에게는 감상도 음악도 뭣도 아닐 것이다─그렇다고 한다. 물론 음악을 아주 작게 들을 때도 있다. 볼륨을 가장 작게 줄일 때는 자는 동안이다. 이런 식으로 음악을 들을 경우에는 외출할 때 기기의 플러그를 뽑아버려야 한다. 『철수』를 다 쓴 후, 나는 〈Barefoot〉을 거의 듣지 않았다. 너무 많이 들어서 집에서 녹음한 음반이 망가져버린 것도 한 이유였다. 『이바나』를 쓸 때는 〈Going to California〉를 들었다. 글을 쓰기로 결정한 후, 먼저 한 것은 일단 상점에 가서 음반을 고르는 일이었다. 그리고 하루 종일 'Dussmann'의 청음 데스크에서 음악을 들었다. 그러나 이상하게도, 내가 오래전부터 가지고 있던 음반에 들어 있는 〈Going to California〉에 사로잡혔다. 나는 그리하여, 책상으로 돌아와 첫 줄을 쓰기 시작한 것이다. 우리는 이바나와 함께 있었다, 라고. 그리고 그때부터 〈Going to California〉를 듣기 시작했다.

이것은 침묵을 찾아 떠나는 여행에 관한 이야기이다. 그것은 그러나 캘리포니아라는 상징적인 낭만의 땅과 아무런 관련

작가의 말

이 없다. 머리에 꽃을 꽂고 기다리는 아가씨 따위는 어디에도 없다. 침묵이란 곧 비밀이다. 그러므로 침묵에 대해 떠들어대는 것은 얼치기 같은 행동이라는 생각에 나는 좀 괴로웠다. 그러나 적어도 그것은 나 자신에 대해 떠들어대는 것보다는 덜 바보 같으리라는 생각이 들었다. 글에 등장하는 사람들은 익명의 이니셜이거나 혹은 규정되지 않은 모호한 이름으로 존재한다. 그들이 살아간다, 라는 말을 나는 그들이 그 대가를 치른다, 라고 표현한다. 과오의 유무나 내용은 그리 중요한 일이 아닐 것이다. 설사 침묵을 가질 수 있었다고 해도 아무것도 달라지지 않을 것이다. 그러므로 나는 이 글에서 개개인이 가지는 이름의 변별성이 아무런 의미도 없다고 생각했다. 그것은 단지 서류상의 문제일 뿐이다. 내가 관심을 가졌던 것은 그들이 살아 있음으로 인해 치르는 대가였다. 이름이 필요했던 것은 한때 소유했던 자동차와 오래전부터 결코 만나지 못한 여자의 단지 임의로 만들어진 과거의 이름과 그리고 우연인 듯 알게 된 한 몰락한 도시뿐이다. 그 이름들은 모두 불안하다. 자동차의 이름은 대개의 경우 중요하게 취급되지 않는 것이고 여자의 이름은 본명이 아니다. 그리고 그 도시로 말하자면 그들이 한 번도 가보지 못했을 뿐만 아니라, 앞으로도 갈 일이 없고, 거기다가 이제 곧 이름이 바뀔 예정에 있는 것이다. 그리고 한 조용한 필부의 아내였던 산나가 있다. 나는 그 이름을 이미 알고 있었으나 그녀를 익명으로 두어야 할지는 결정하지 못했다.

그리고 당연하지만, 그 도시 이바나는 샹그릴라가 아니다. 이바나가 그곳에서 죽었다고 가정한다면, 이바나는 결국 무덤인 셈이다. 무덤은 굳이 제 발로 찾아가지 않아도 스스로가 있게 되는 그런 곳이다.

2002년 1월 이바나에서
배수아

이바나

ⓒ 배수아

초판발행 2025년 7월 8일

지은이 배수아
편집 조연주
디자인 엄혜리
제작 제이오

펴낸곳 레제
출판신고 2017년 8월 3일 제2017-000196호
이메일 lese.erst@gmail.com

ISBN 979-11-967220-4-3 03810

이 책의 판권은 지은이와 레제에 있습니다.
이 책 내용의 전부 또는 일부를 재사용하려면 반드시 양측의 서면 동의를 받아야 합니다.